みうらじゅん

「ない仕事」の作り方

まえがき　すべては「マイブーム」から始まる

私が漫画家としてデビューしたのは１９８０年のことでした。なので、**２０１５年の今年は、仕事を始めて35周年の記念イヤー**になります。35年間ずっと活動を続けてきて昨今、「みうらじゅんのやっていることって、もともとなかった仕事なんじゃないの？」と、バレ始めてきました。そして、「あいつはいったいどうやって食ってるんだ？」と不思議に思ってこられた方も多いことでしょう。

私の仕事をざっくり説明すると、ジャンルとして成立していないものや大きな分類はあるけれどまだ区分けされていないものに目をつけて、ひとひねりして新しい名前をつけて、いろいろ仕掛けて、世の中に届けることです。

ここ数年ブームが続いている「**ゆるキャラ**」も、私が名づけてカテゴリー分けをするまでは、そもそも「**ない**」ものでした。

元々は、各地方自治体や団体が独自に作っていた単なる「着ぐるみ」だったものが「ゆるキャラ」となった今、もう私の手など及ばないほどの一大産業となりました。

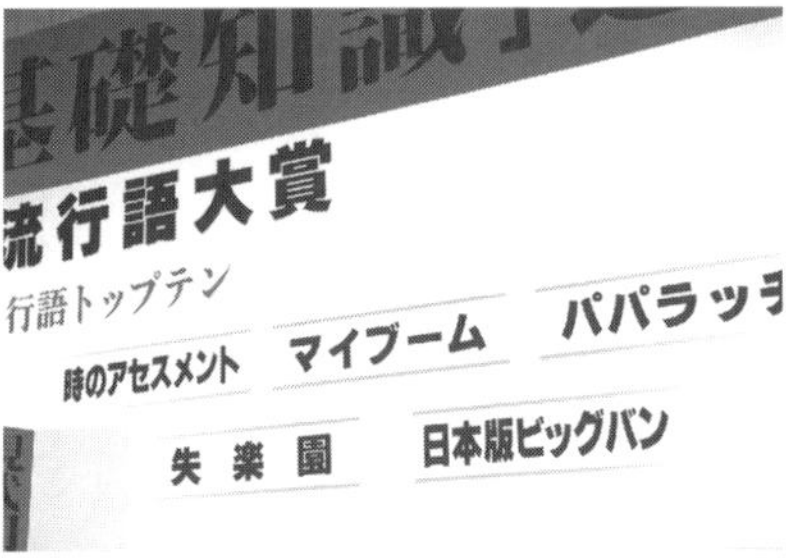

1997年の「新語・流行語大賞」トップテンに

このように「ない仕事」を作っていこうと意識し始めたきっかけは、**「マイブーム」**という言葉でした。

これも私の造語で、１９９７年の「新語・流行語大賞」受賞語となったものであり、２００８年に改訂された『広辞苑』（第六版）にも掲載されています。

今では皆さん「ここ最近、個人的に夢中になっているもの」の意で違和感なく使っていますが、そもそもブームは多数の人が同じことに夢中になる現象ですので、「アワーブーム」が正解です。「マイ（一人の）」「ブーム」は本来「ない」言葉なのです。

それまで私は、自分が「これは面白い！」と思ったものやことがらに目をつけ、原稿を書いたり、発言したりしてきましたが、世の中の話題にならないことのほうが多かったことは確かです。

そこで、**「だったら流行るかどうかをただ待つのではなく、こちらから仕掛けていこう」**

という発想に至りました。私（みうら自身）の流行を、世の中に広めていく。本来、これが「マイブーム」の本当の意味だったのです。

「マイブーム＝そのときどきに好きなもの」と勘違いされて、「次のマイブームは何ですか？」とよく聞かれますが、私は何でもかんでも流行らそうとしているわけではありません。私が「仕掛け」をするのは、本当に好きになったものだけなのです。そして、その〝本当に好きで、まだ皆が知らない面白いこと〟を世界に届けたい。そのためには**「ブーム」を起こすことが必要**なんです。ブームにならないと、誰も見てくれませんから。

「マイブーム」を広げるために行っている戦略を、私は「**一人電通**」と呼んでいます。電通とは日本を代表する広告代理店ですが、そこで行われていることを、全部一人でやってしまおうという意味です（ちなみに、博報堂の方とお仕事をする際は、「一人博報堂」に変更します）。

ネタを考えるのも自分。ネーミングするのも自分。デザインや見せ方を考えるのも自分。雑誌やテレビやイベントなどで、それを発表するのも自分。さらに、そのために編集者やイベンターを「接待」し、なるべくネタがよく見えるように、多くの人の目に触れるようにしていくのも自分。

クリエイティブだけでなく、戦略も営業もすべて一人で行うわけです。

本書は、そんな私の**「マイブーム」を「一人電通」によって広めたその手法（仕事術）**を、すべて紹介してしまおうという企画です。私の仕事と取り上げる事象が特殊なので、一見皆さんには役に立たないと思われるかもしれません。

どんな仕事であれ、「やりたいこと」と「やらねばならぬこと」の間で葛藤することが多いと思われます。それは私も同じです。そこで肝心なのは、そのときに「自分ありき」ではなくて、**「自分をなくす」ほど、我を忘れて夢中になって取り組んでみること**です。新しいことはそこから生まれます。

本書を最後まで読んでいただければ、そのための心構え、やり方、コツ、といったものが見えてきて、それが実はどんな仕事にも応用がきくものだということが、おわかりいただけるのではないかと思います。本書が皆さんの仕事の役に立つことを願っています。

もくじ

＊本書で紹介する著書の出版社や音楽・映像ソフトのレーベルなどの名称は、その作品の発売当時の社名を記載しました。

第１章
ゼロから始まる仕事～ゆるキャラ

仕事術の詳細な考え方と実践は次章に譲るとして、ここではまず、ひとつの「ない仕事」が、どのように生まれ、仕事として成立し、世に広まっていったのかの概略を、大ブームとなった「**ゆるキャラ**」を例に紹介していきたいと思います。

「ゆるキャラ」との出会い

「ゆるキャラ」の存在が気になりだしたのは、20年ほど前、全国各地の物産展に赴いたときです。その土地の名産品が並び、多くの客がひしめく中、それはとても所在なさげに立っていました。

妙な「着ぐるみ」です。当時は「マスコット」という呼び方が一般的でした。

平面でデザインしたときはそれなりに可愛かったのかもしれませんが、立体にして人が入るには、かなり無理があるそのフォルム。遠慮がちに手を振っていますが、寄ってくる子供もいません。それどころか客は皆、マスコットに見向きもしません。

私はその姿に、たまらなく「**哀愁**」を感じました。これがミッキーマウスやキティちゃんだったら、物陰にひっそり立っていたりしないでしょう。

哀愁ともうひとつ、マスコットに惹《ひ》かれた理由は、その**トゥーマッチ感**でした。たとえば広島県の「**ブンカッキー**」という「国民文化祭」（現「けんみん文化祭ひろしま」）のマスコット。体は広島名産の「牡蠣《かき》」、頭には県の木であり、お土産の饅頭でもお馴染《なじ》みの「もみじ」、体と両腕で広島の「ひ」をかたどり、右手には指揮棒を持ち「文化」を表現。

これは後に人気となる「ひこにゃん」や「くまモン」といった、「引き算」のデザインのマスコットとは確実に一線を画します。ブンカッキーはとりわけでしたが、当時はその地方の名産品を無理矢理マスコット化した、いびつなものがたくさんあったのです。

これがブンカッキー

そのいびつさの根底にあるものは、「**郷土愛**」（ちなみに私は「**郷土LOVE**」と呼んでいます）。

東京など都会で生活している地方出身者からすると、その姿は郷里の母親から送られてくる、リンゴや半纏《はんてん》が入った段ボールのように、ダサくうっとうしい、しかし捨てられない嬉しさとせつなさを同時に喚起させました。

いつのまにか私は、地方マスコットの着ぐるみのことを四六時中考えるようになっていました。

「ゆるキャラ」と命名

そんなマスコットを普通の人は、まず気にすることはないでしょう。もし気になったとしても、「物産展に何か変なものがいたな」くらいで、帰宅後にはもう忘れてしまうと思います。

なぜかといえば、それは**名称もジャンルもないもの**だったからです。「地方の物産展で見かける、おそらく地方自治体が自前で作ったであろう、その土地の名産品を模した、着ぐるみのマスコットキャラクター」という、長い長い説明が必要なものだからです。説明していううちに、面倒臭くなってしまいます。

私の「ない仕事」の出発点はここにあります。

まず、名称もジャンルもないものを見つける。そしてそれが気になったら、そこに名称とジャンルを与えるのです。

前述の長い説明を、たった一言で表現するために私が考えたのが、「**ゆるキャラ**」でした。「ゆるい」「キャラクター」の略です。これは本来**矛盾した言葉**で、キャラクターはゆるくては困ります。わざとゆるいキャラクターを作ろうと思う人や団体などはいません。しかし「ちゃんとした」キャラクターを作ろうとした結果、なんとも微妙な、なんとも中途半端な、なんともいびつなものができあがってしまったわけです。

次章で詳しく述べていきますが、私が名づけたブームのほとんどの名称は、水と油、もしくは全く関係がないものを結びつけるようにしています。「マイ」「ブーム」もそうだということは前述しました。

A＋B＝ABでなく、**A＋B＝Cになる**ようにするのです。そして**AかBのどちらかは、もう一方を打ち消すようなネガティブなもの**にします。この「ゆるキャラ」は、その最たる例と言えるでしょう。

マーケティングやデザインといったものと全く無縁な代物。しかし、そのピュアさになんだかグッとくるものがある。

「ゆるキャラ」と名づけてみると、さもそんな世界があるように見えてきました。統一性のない各地のマスコットが、その名のもとにひとつのジャンルとなり、先に述べた哀愁、所在なさ、トゥーマッチ感、郷土愛も併せて表現することができたのです。

自分洗脳と収集

あらゆる「ない仕事」に共通することですが、なかったものに名前をつけた後は、**「自分を洗脳」**して**「無駄な努力」**をしなければなりません。私はよく「努力が似合わない」などと思われがちなタイプですが、どっこい**「無駄な努力家」**なのです。

私だって「今、ゆるキャラが面白いよ」と一言言ってそれがブームになるのであれば、それに越したことはありません。しかし当然ですが、その程度では人は興味を持ってくれません。

人に興味を持ってもらうためには、まず自分が、「絶対にゆるキャラのブームがくる」と強く思い込まなければなりません。「これだけ面白いものが、流行らないわけがない」と、自分を洗脳していくのです。

他人を洗脳するのも難しいですが、自分を洗脳するのはもっと難しいものです。なぜなら相手は手の内をいちばんよく知っている「自分」だからです。

そこで必要になってくるのが、無駄な努力です。興味の対象となるものを、大量に集め始めます。**好きだから買うのではなく、買って圧倒的な量が集まってきたから好きになる**という戦略です。

人は「大量なもの」に弱いということが、長年の経験でわかってきました。大量に集まったものを目の前に出されると、こちらのエレクトしている気分が伝わって、「すごい！」と錯覚するのです。

私は集められるかぎりの、「ゆるキャラ」を集め始めました。物産展にはなるべく多く足を運ぶ。片手に一眼レフ、もう片手にビデオカメラを持ち、**二刀流で記録**する。当時はまだぬいぐるみやシールなどのグッズは売っていなかったので、頼み込んで譲っていただく。そして説明が書かれたパンフレットを読み込み、そのゆるキャラの由来を記憶することも忘れてはいけません。

地方自治体などに**「すいません、今日のイベント、着ぐるみは何時頃どこに出ますか?」**と電話をかけて、たらいまわしにされた挙句に切られたことも数知れず……。でも確かに「今日のフェス、ナオト・インティライミさんは何時に出ますか?」と聞かれるのと違い、着ぐるみの登場時間を聞かれたら**「やばい人からの電話だ」**と思われても仕方ありません。そんなわけで、地方の興味のないイベントに出掛けて、いつ出てくるのかわからない「ゆるキャラ」を一日中ただ待っていたときもありました。

そんな無駄な努力を続けていると、様々なこともわかってきます。

秋田のなまはげを模した「ナミー&ハギー」は分厚い素材でできているため炎天下では5分と活動できない。豆の格好をしている島根の「まめなくん」には、地元方言の「まめな(=元気な)」という意味も込められている。北海道のホタテのキャラ「ミミ太&ミミちゃん」のミミとは、貝の出っ張りの部分の名称だった。鳥取県の「ピアート」と「トリピー」はともに20世紀梨をモチーフにしている……といった具合に。

いったい、こんな知識が何の役に立つのだろうかと、そんなことを冷静に考える暇さえ自分に与えてはいけません。とにかく「ゆるキャラ」を大量に摂取することに専念していたのです。

雑誌に売り込む

なかったジャンルのものに名前をつけ、それが好きだと自分に思い込ませ、大量に集めたら、次にすることは「**発表**」です。**収集しただけではただのコレクターです。それを書籍やイベントに昇華させて、初めて「仕事」になります。**

私はまず、雑誌に企画を持ち込みました。

私のやっていることは、ほとんどが「ない仕事」なので、先方から依頼がくることはほぼありません。「いま、地方自治体のマスコットが面白いんですけど、みうらさん、取材しませんか?」などと好都合な発注を受けることなど皆無です。なのでいつも私は、「こんな企画があるんですが、どうでしょう?」と雑誌やテレビ局に持ち込んでいるのです。

私が最初に「ゆるキャラ」をタイトルにつけた連載を始めたのは、徳間書店の「ハイパーホビー」というフィギュアの月刊誌でした(2000年7月1日号よりスタートした「ユルキャラ民俗学」)。当時はまだ「ユルキャラ」と、全部カタカナ表記でしたし、カテゴリー分けも大雑把で、着ぐるみだけでなく、変なフィギュアも含めて「ユルキャラ」と呼んで紹介していました。

この連載は、先方から「ユルキャラ」のことを書いてくれと頼まれたわけではなく、ただ2分の1ページのエッセイのお話をいただき、私が自分でテーマとタイトルを決めた……という経緯で始まりました。

普通、雑誌で記事になるのは「流行っているから」です。しかし私の場合、まだ全く流行っていないものや事柄をあたかも流行っているように、アツく自分のページで伝えていくのが仕事なのです。

その後、独自に調査を重ねた結果、自分の中で「ゆるキャラ」の概念がしっかり固まってきて（その頃、表記を「ゆるキャラ」に変えました）、**「ゆるキャラは八百万《やおよろず》の神のように、全国にどっさりいる」**ということがわかってきました。

「ゆるキャラを紹介する連載をするなら、月刊誌ではダメだ。週刊誌でないと追いつかない」と考えた私は、扶桑社の「週刊ＳＰＡ！」編集部に自ら出向き、連載の企画を持ち込みました。こういう持ち込み企画は、すぐに実現するなんて奇跡はなかなか起きません。

当然ですが「地方のマスコットですか……」と最初は怪訝《けげん》そうにされました。

ここで必要なのが**「接待」**です。皆さんは出版社やテレビ局が作家やタレントを接待していると思われているかもしれません。確かにそれがほとんどでしょう。しかし私の場合は、逆接待を行います。

編集者を酒の席に招き、ごちそうをし、酔っていい調子になられた頃を見計らってプレゼンするのです。

まえがきに書いたとおり、私の仕事は**「一人電通」**です。企画を立てるのも自分、集めるのも自分、ネタを考えるのも自分、発表の場所や方法を考えるのも自分、そのために接待をするのも自分なのです。

前例のない、「ない仕事」をしようとしているのですから、そのくらいの接待は当然です。黙っていても、いい扱いなどされないのです。

イベントを仕掛ける

なかなか雑誌の連載が決まらなかったので、「ゆるキャラ」のイベントを仕掛けることにしました。私は1996年から作家のいとうせいこうさんと「ザ・スライドショー」というイベントを開催してきました。私が日本各地で撮影したおかしな風景や、ヘンなものの写真をスクリーンに大写しにしつつトークをするというこのイベントも、そもそも「ない」イベントでした。

私は「次は、ゆるキャラのイベントをやりたいのですが……」と、「ザ・スライドショー」でもお世話になっていたイベント制作会社にプレゼンしました。その会社は、私の企画を面白がってくれて、日本全国から「ゆるキャラ」の着ぐるみをたくさん集めてくれ、2002年11月23日、後楽園ゆうえんちのスカイシアター（野外ステージ）で**「第一回みうらじゅんのゆるキャラショー」**が開催されました。

野外イベントなのに、当日はあいにくの雨でした。その上、まだ「ゆるキャラ」という名前も全く浸透していなかった頃でしたが、**「なんだか面白そうだぞ」**と、ピンときた鋭い観客で会場はいっぱいになっていました。

「ゆるキャラ」が次々にステージで紹介され、びしょ濡れの審査員（安齋肇さん、山田五郎さん、清水ミチコさん）が賞を授与し、私が作詞した「ゆるキャラ音頭」を皆で熱唱。

会場は、悪天候を蹴散らすほどの、異様な熱気に包まれていました。

終了後イベント制作会社の人たちが、濡れた「ゆるキャラ」を必死にドライヤーで乾かしていた光景は、今も忘れられません。「**一人電通**」**といえども、本当に一人ぼっちですべてができるわけではない。**私のアイデアを実現して支えてくれる、理解者が必要なのです。

ここで大事なのは、「なんだか面白そうだぞ」と興味を持って、制作を買って出てくれたイベント会社と、雨の中集まってくれた観客がいたということです。そして、物事が大きくなれば、そういった理解者たちの数も、当然膨らんでいくのです。

そのイベントの直後、「週刊SPA!」編集部から連絡がきて、2003年1月より毎週1体ずつ見開きカラーで「ゆるキャラ」を紹介する「**ゆるキャラだョ! 全員集合**」の連載が始まりました。

ポニーキャニオンよりゆるキャラライベントのDVDも発売。手前はみうら考案の「山岳戦隊テングレンジャー」

この地道な活動が、やがて少しずつ話題になっていきました。そして2004年6月には、**東京ドーム**で、昼は「ゆるキャラ」が堂々と会場をうろつく地方物産展、夜は「ゆるキャラ」総出演というイベント「**郷土愛（LOVE）2004**」を2日間に渡り開催しました。

イベントでは、80体以上もの「ゆるキャラ」を1体1体紹介してステージにあげていったのですが、それだけで、1時間半もかかりました。そんなショーを見て果たして観客は喜んでいるのか？　と心配になりました。私は、実は根が真面目で、人一倍心配性なのです。そんなとき、私が必ず唱える呪文があります。

「そこがいいんじゃない！」

人はよくわからないものに対して、すぐに「つまらない」と反応しがちです。しかしそれでは「普通」じゃないですか。「ない仕事」を世に送り出すには、「普通」では成立しません。「つまらないかもな」と思ったら「つま……」くらいのタイミングで、「そこがいいんじゃない！」と全肯定し、「普通」な自分を否定していく。そうすることで、より面白く感じられ、自信が湧いてくるのです。

昼は全国から集まった名産品の大試食会を、夜は2日間に渡り、全く違う内容のイベントを開催。ポニーキャニオンよりDVD化もしている

ブームとは「誤解」

「ゆるキャラだョ！　全員集合」開始当時は、地方自治体にその連載タイトルを言って「紹介したいので写真を借りたい」という電話をすると、「**うちのマスコットはゆるくない！**」とお叱りを受けたものです。

しかし、このように規模を大きくしつつ伝えているうちに、面白がってくれる人は次第に増えていきます。そして「ゆるキャラ」という言葉も浸透していきました。やがては先方から積極的に「**うちのキャラはゆるいですよ〜**」「**うちのゆるキャラを紹介してください**」と頼まれるようになってきたのです。

この次に大きなブームへの転換期となるのは、「誤解」され始めたときです。

意外と思われるかもしれませんが、それが**ブームの正体**でもあります。

「昨今、ゆるキャラというものをよく見かけるが、実に言い得て妙だ」「日本独自の着ぐるみ文化に光を当てた」といった、思いがけない「深読み」をしてくれる人たちが現れます。

「今まで私も気になっていたけど、確かにゆるキャラはおかしいよね」と、語り出す人たちも現れました。

ブームというのは、この「**勝手に独自の意見を言い出す人**」が増えたときに生まれるものなのです。

そういう意味で、あらかじめ「ゆるキャラとはこういうものです」という理論づけはしないほうがいいのです。人に誤解されたり、我がもののように言いたくなるような「**余白**」を残しておかなくてはなりません。

私が「ゆるキャラ」と命名してから10年以上が経ち、皆さんご存知のように「ゆるキャラ」は一大産業と言えるまでになりました。「**ふなっしー**」のような「ゆるキャラ」タレントも登場して人気者になっていますし、2010年からは、「**ゆるキャラグランプリ**」も毎年開催され、40万人以上の観客を動員する巨大イベントになっています。

ちなみに、「ゆるキャラグランプリ」を私の企画で始まったものと思われている方も多いかもしれませんが、あのイベントは私のアイデアではありません。知らないところでいつの間にか始まっていたからこそ、私は「**ゆるキャラは**『**マイブーム**』**から**『**大ブーム**』

2009年10月発売（扶桑社）

に変わったな」と気づいたのです。

そんな昨今、新聞社などから私のところに「**今のゆるキャラはゆるくないんじゃないですか？**」という取材の電話がよくかかってくるようになりました。そもそも、私に聞かれても答えようがない質問なのですが、これぞまさに「誤解」です。

もともと私は、「ゆるキャラ」の存在が面白かったので、その面白さを伝えたいと思ったにすぎません。その後、「ゆるキャラ」の形態がどうなったのかは私が関知するところではないのです。

しかしこのおかしさ、誤解こそが、ブームなのです。

ざっと「ゆるキャラ」という、「ない仕事」がどのように形になっていったかをお話ししました。以降の章では、このプロセスをさらに細かく解説していきます。

あらかじめひとつお断りしておくと、**すべての**「**ない仕事**」**に共通しているのは**、**最初**

は怪訝に思われたり、当事者に嫌がられたり、怒られたりすることもあるということです。

私だって大人になって怒られたくはないですし、むしろいっぱい褒められたいと思っているにもかかわらずです。しかし「それでも自分は好きなんだ」という熱意を失わなければ、最終的には相手にも、お客さんにも喜んでもらえるものになります。

みうらじゅんが作った「ゆるキャラ」たち

「ゆるキャラ」という言葉を作っただけでなく、実は「ゆるキャラ」のデザインもやっているんです。秘蔵のデザイン画を大公開！

「郷土愛（LOVE）2004」のキャラとして考案。下の写真の右側の人物はいとうせいこうさん

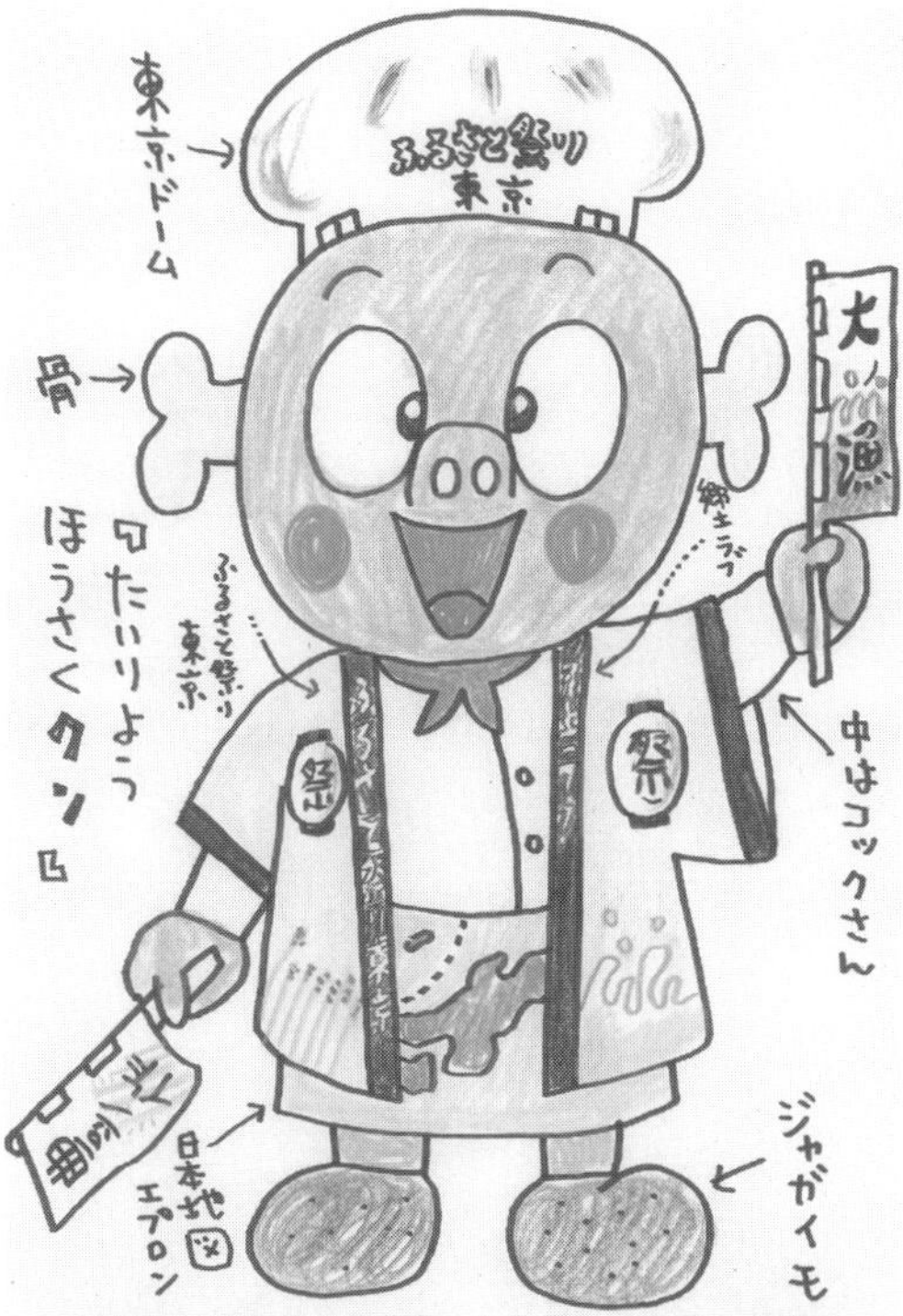

東京ドームで開催「ふるさと祭り東京」のオフィシャルキャラクター

扶桑社「週刊SPA!」創刊15周年を記念して制作

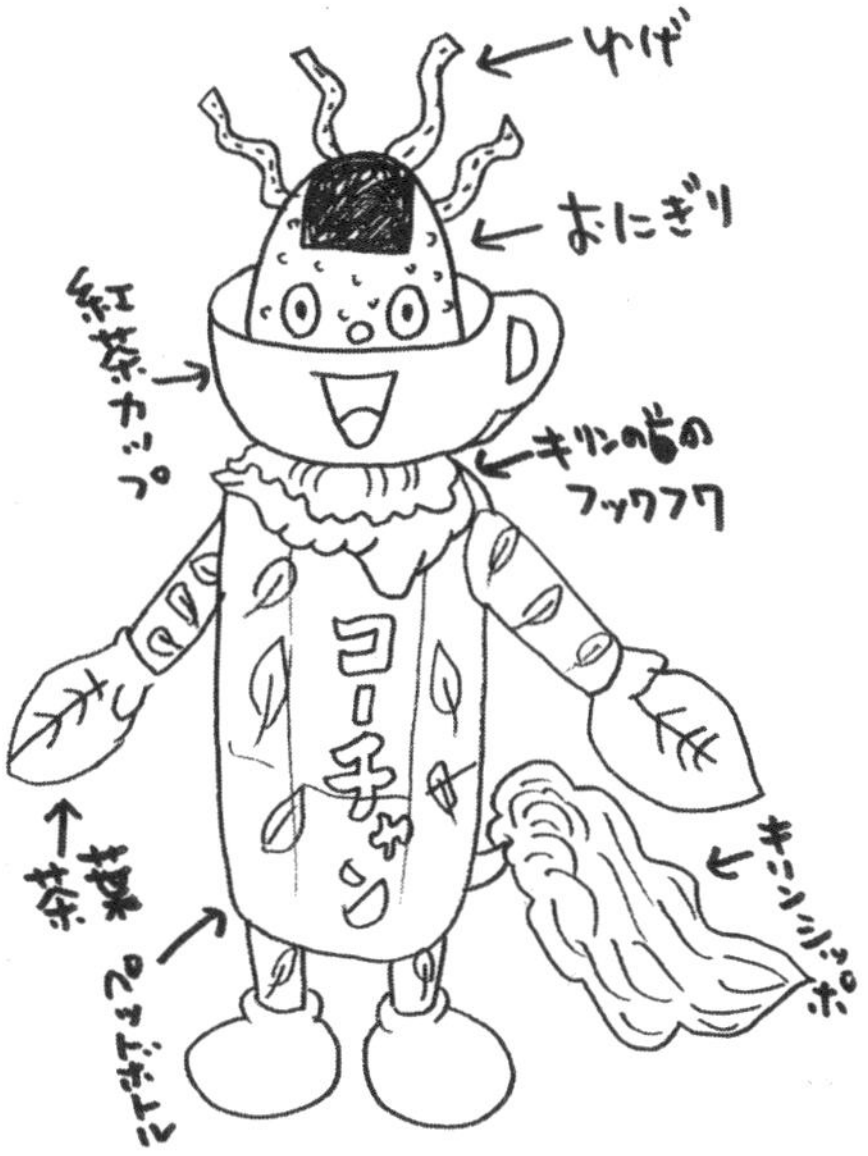

キリン「午後の紅茶 おいしい無糖」公式ゆるキャラ

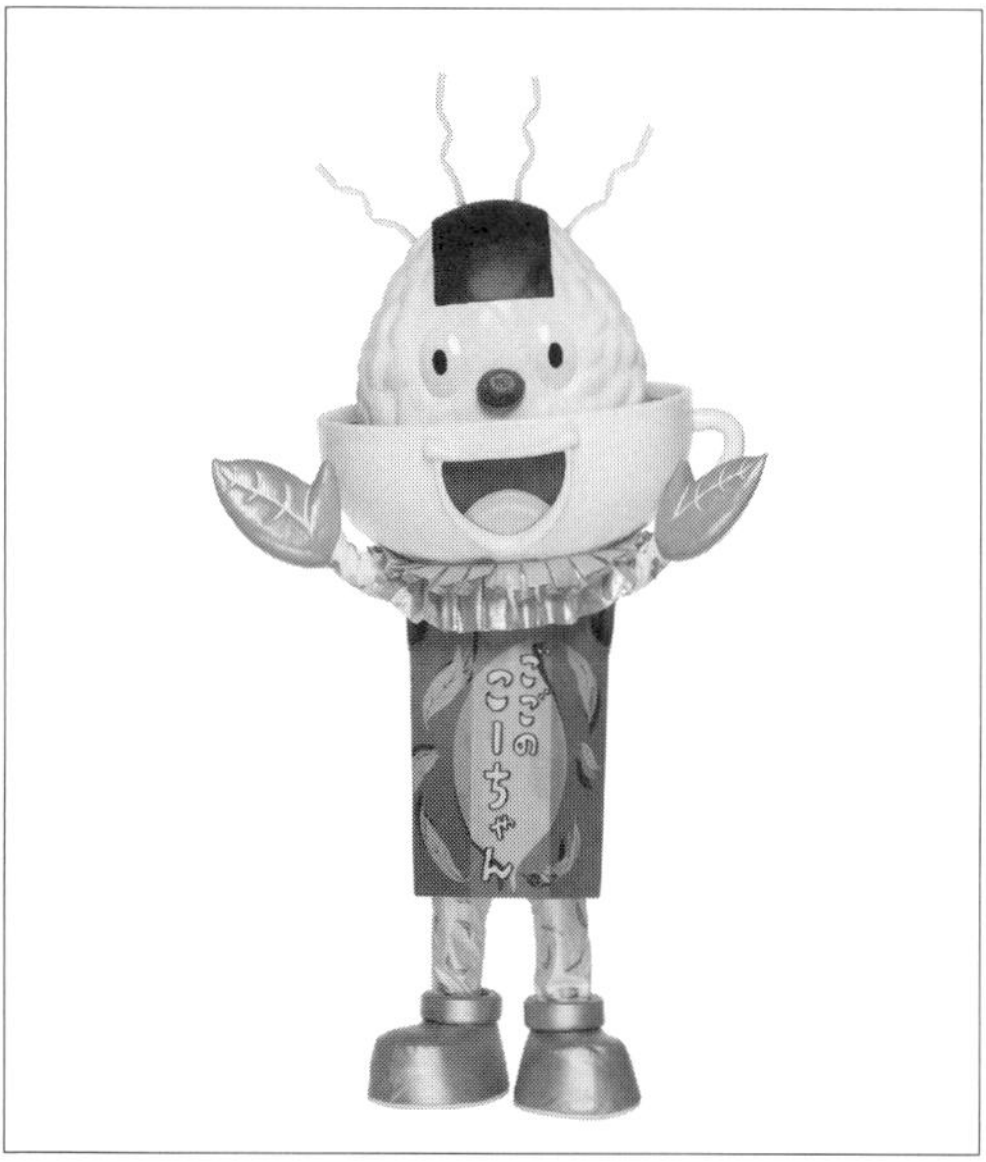

第2章

「ない仕事」の仕事術

1 発見と「自分洗脳」

伝わっていないものを伝える〜吉本新喜劇ギャグ100連発

「ない仕事」とはつまり、そのときあまり誰も興味を持っていない、世間の注目を集めていないこと、と言い換えられるかもしれません。

1989年に、**『吉本新喜劇ギャグ100連発』**というビデオを企画したことがありました。今でこそ、その名も全国に知れ渡る新喜劇ですが、当時はまだ東京では関西から移住してきた者の間でしか話題にはなっていませんでした。また、新喜劇といえば様々な芸人さんのギャグが有名ですが、当時はそのギャグが単体で笑いを取るものではなく、舞台をよく見ている人だけがわかる、マニア向けのお笑いでした。

チャーリー浜さんの「ごめんくさい」「じゃあ〜りませんか」、間寛平さんの「アヘアヘアヘ」などといったギャグは、いつも劇場やテレビで見ている常連の客だけが「**また出**

た！」と喜ぶものだったのです。

私は東京の関西人向けに、新喜劇のビデオが欲しいと、「**個人的に**」思いました。

そこですぐ誰も知り合いもいない吉本興業に、飛び込みで「ビデオを作らせてほしいのですが……」と電話をかけました。

今から考えれば、よく堂々と電話したものだと思いますが、それくらい夢中だったのです。お金をどう儲けたいとか、会社の事情がどうとか、新喜劇の方々の権利がどうとか、そんなことは全く考えていなかったのです。「当然作るべきだ」という気持ちだけが先走っていました。

東京で行われた発売記念イベントでは、西川きよしさんと共に司会進行役に。1989年12月発売（ソニー）

好きだという強み。そして事情を知らない強み。

このように、私の仕事は「あったらいいな」という気持ちで始まるのです。自分が「**あったら絶対買う**」と思えるかどうか。難しい会社の事情や、それがヒットするかどうかなどは、乱暴な言い方ですが、どうでもいいのです。もちろん、今売れているもの、注目されているものは、すでに「ある仕事」なので、そこには手を出しません。『ギャグ100連発』は、吉本新喜劇がもうなくなるかもしれないというくらい衰退した時期に吉本興業からゴーサインが出て、東京でも陽の目を見ることになったのです。私はそういった、**絶滅危惧種**を見分けるのが昔から得意なのです。

「マイブーム」を世の中に広めようとするとき、私の場合はポップにしか紹介できないので、「面白半分でやっているんじゃないか?」と思われてしまうこともありますが、そんなことありません。**私が「マイブーム」と認める対象は、幼い頃から好きだったことや、何年もかけて調べて、実際に足を運んで、大好きになったものだけ**です。

そして、今にも消えそうで、世間の評価があまり高くない対象こそ、「そこがあえて面白い」、「そこがいいんじゃない!」と、より一層強く後押ししたくなるのです。

ないものから探す〜勝手に観光協会

私がインターネットを使っていちばんよくやるのは、「**出てこない言葉**」**を探す**ことです。

普通は世に出ているものを調べるのでしょうが、私の場合はこれから世に出したいもの、そのネーミングなどが、**まだ誰も手を出していないものかどうかを確認するために検索する**のです。

たとえば、私は古い日本人形をコレクションしていますが、その人形のことを、「フィギュア」と「和風」を掛け合わせて「**フィギュ和**」と呼ぶことを思いつきました。それでネットで「フィギュ和」と入れて検索してみると、ヒット数はゼロ。晴れて自分の言葉として原稿を書き、収集した日本人形をグラビアアイドルのように撮影した『みうらじゅんマガジンvol.3フィギュ和』という写真集まで出版しました。

日本全国で買い集めた「フィギュ和」を紹介。2008年12月発売（白夜書房）

「フィギュア」も「和風」もすでにある言葉だし、すでにすごいマニアもいるでしょう。でも「フィギュ和」という土俵には、まだ誰もいない。

自分で新たな土俵=ジャンルを生み出せば、自

分以外の誰も博士になれないわけです。

これは考え方においても同じです。

何十年も前から、テレビ東京などで放映される旅番組は、なぜ一線を退いた芸能人ばかりが出るのかが気になっていました。かつて人気のあった女優。昔ヒット曲を一度出した歌手。「ブレイクしたが最近見ない」有名人ばかりでした。

そして旅番組は必ず、お得な情報が入ります。名物料理、温泉、観光名所。これは旅行雑誌も同じです。それはすでに「ある」旅番組のしきたりだからです。

そういった番組や雑誌をずっと見ていて、私はすべてこの「逆」をいく旅の仕事がないものかと考えるようになりました。

そこで思いついたのが、「**勝手に観光協会**」です。観光協会をマネて、オリジナルのエンブレムがついたジャケットを着て、日本全国勝手に各県に赴き、私が個人的に気になる場所だけを集中してまわり、その情報だけを伝え、さらにその夜泊まった旅館で、勝手にご当地ソングを作って演奏し、録音するのです（「宅録」ならぬ「**リョカ録**」と命名）。

旅の相方は、『タモリ倶楽部』の「空耳アワー」でおなじみの、安齋肇さんにお願いしました。それは私も安齋さんも**「決して芸能人ではない」**からです。そこにいるのは、ただ妙に楽しそうに旅をするオヤジ二人組。見た人は「誰なんだろう?」と気になって仕方ないに違いありません。

1回目の旅は、1997年。「月刊アスキー」に売り込んで、宮城県気仙沼に向かいました。それは70年代の人気番組『欽ちゃんのドンとやってみよう!』に出演していた女性、「気仙沼ちゃん」に会いに行くというだけの旅でした。読者の皆さんにお伝えしたのは、旅情報ではなく、ほぼ「気仙沼ちゃん」との出会いについてでした。

その「勝手に観光協会」が始まってもうすぐ20年になろうとしています。その後も「モダンリビング」「non・no」「女性自身」など掲載誌を流浪しながら旅を続け、後にテレビ番組化もされ、DVDも発売されました。

みうらvs.安齋、石垣島での本気ケンカ写真ブックレット付きCD。2013年11月発売(Pacific Records)

勝手に作ったご当地ソングも47都道府県分すべて完成し、CD化。2009年には「SHIBUYA-AX」という大きな会場でライブイベントを開催するまでに至りました。

おそらく既存の旅番組や旅行雑誌と少しでも似た企画があれば、「勝手に観光協会」はここまで発展しなかったでしょう。これもすべて、「ないもの」だけを考えた結果です。

自分を洗脳する～テングーとゴムヘビ

「もの」や「こと」を好きになるのはごくあたりまえのことです。ただし、私の仕事においては、あえてその逆をいくことが多いです。

第一印象が悪いものは、「嫌だ」「違和感がある」と思い、普通の人はそこで拒絶します。しかしそれほどのものを、どうやったら好きになれるだろうかと、自分を「**洗脳**」していくほうが、好きなものを普通に好きだと言うよりも、よっぽど面白いことになるからです。

2000年代の頭の頃だったかと思いますが、「**天狗**」のグッズを必死に集めていたことがありました。巨大な「天狗」の面を事務所の玄関に飾り、居酒屋「天狗」のオリジナルソングのカセットテープを流し、テング印のビーフジャーキーをやたら食べていた時期です。最初から「天狗」に興味があったわけじゃなく、「なんで鼻が長いんだ？」と、子供のような疑問からマイブームが始まったのです。鼻の長さを計るべく、旅にはメジャーを持参し、様々な天狗の面の中で「ロンゲスト・ノーズ・ナンバーワン！」を決めることに夢中になりました。

そのうち、新しい天狗の「あり方」も画策するようになり、「天狗」とペンギンを合体させた「**テングー**」というキャラを思いつきました。「**山岳戦隊テングレンジャー**」というキャラも考案し、イベントもやりました。そんな折り、アウトドア雑誌の編集者に、「天狗好きのみうらさんにぴったりの仕事があるんです」と言われ、動悸・息切れの薬「救心」を携帯して、**かなり険しい山に登るという仕事**をいただきました。そうなると私の中で「私は天狗が大好きだ」という自分洗脳が始まり、私の中の「天狗ブーム」は

テングーは自著の表紙にも。
まだ「ない」民族学の本。
2013年3月発売（角川書店）

台湾から帰る飛行機の手荷物検査で検査員をびびらせた「ゴムヘビ」軍団

どんどん加速します。

すると、最初のうち思っていた「膨大な天狗グッズ、邪魔だなあ」という気持ちすらいつのまにか消えてしまいました。

かつてよく見た玩具「**ゴムヘビ**」を昨今、とんと見かけなくなったと思い、絶滅危惧種ハンターの私は探索を始め、見つけ次第片っぱしから買い集めた時期もありました。最終的には製造会社のあった台湾にまで出向いたりもしたのです。

調査の結果、昭和の頃のゴムヘビのゴムには、フタル酸という人体に悪影響がある物質を使っていたことがわかりました。思わぬ「**毒ヘビ**」だったわけですが、ゴムヘビもそもそも好きだったものではありません。

すべて、「私はこれを絶対好きになる」と自分を洗脳したのです。

そうしているうちに、いつのまにか自分の中でゴムヘビは学問となり、気がつくと『爬虫類図鑑』を購入し、それぞれのゴムヘビのモデルになったヘビの名前を調べ、標本のように飾っている自分がいました。

数年後、この膨大な数の天狗やゴムヘビのコレクションを、展覧会として発表することになるのですが、その話は後の項に譲りましょう。

逆境を面白がる～地獄表

普通に考えれば**最悪の事態に**、**実はチャンスが転がっている**ということがあります。

「即身仏」がマイブームだったので、山形の湯殿山に出掛けたときです。目的地はまだ先でしたが、私は間違ってバスを途中下車してしまいました。失敗に気づいたのはその後です。その路線は、1時間半に一度しかバスがやってこなかったのです。

何もない山道に一人取り残されたら、皆さんそうなると思いますが、私も相当腐りました。しかしそのとき、ふと目に留まったのはそのバスの時刻表でした。朝から夜までの時間が書いてあるのに、バスがやってくるのは1日にほんの数回です。

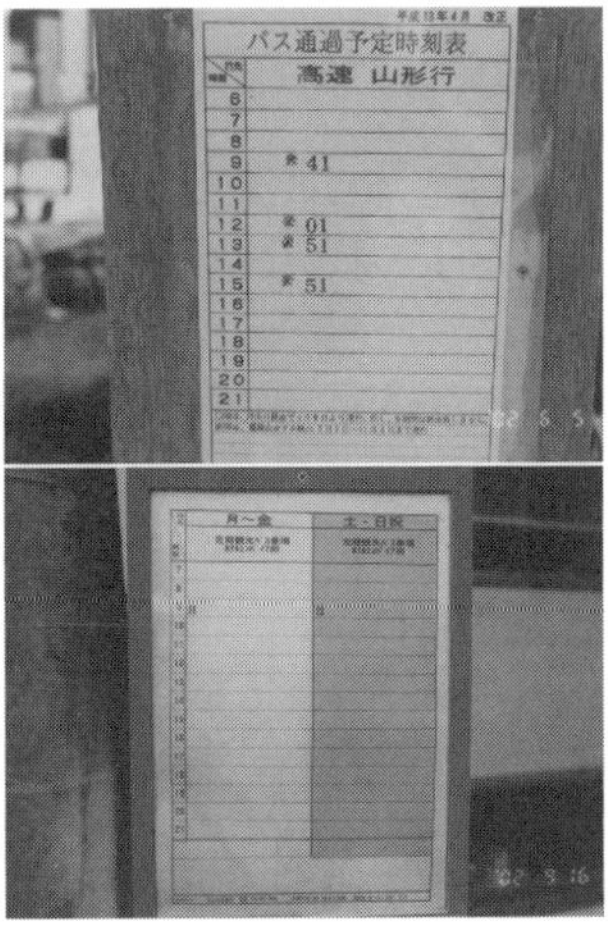

1日1本という恐ろしいバス停も！

私はその時刻表を写真に収めました。「こんなにこないバスってなんだよ！」というマイナスの気持ち、憤りからです。

そして「こんなに待たされて、まるで地獄だな」と思ったときに、ぱっと閃《ひらめ》きました。

この地獄のような時刻表を「**地獄表**」と呼んだら、見方が変わるのではないか？

これは「ゆるキャラ」と同じ発想です。**マイナスのものを、名前をつけて面白がってみると、自分の気持ちすら変わってプラスになる。**

それ以来、私は田舎町に出向くたびに、「地獄表」を探し、写真に収めるようになりました。すると不思議なもので、1日に3～4本くるバスの時刻表が、物足らなくなってきました。3本より2本、2本より1本、なんだったらバスが1本もこないほうがいいとすら思えてきました。

発想の転換です。今度はそんな場所に行きたくなるのです。

その町や村も、「バスがこない町」と言われればいい気はしないでしょう。しかし「地獄表」という言葉が広まれば、〝**「地獄表」のある町です**〟と、町おこしの起爆剤になるかもしれません。

普通は皆さん、「いいこと」「面白いこと」の中から、次のアイデアを考えます。しかし、実はこういったマイナス要素の中に、チャンスは埋もれているものなのです。

趣味は突き詰める～ブロンソンズ

趣味は突き詰めなければ意味がありません。

対象そのものが好きだからぐらいでは困るのです。サッカーのあるチームが好きだ、アイドルのあのグループが好きだ、将棋を打つのが好きだ、イタリア料理を作るのが好きだ。**すべて「そのまま」では何も生み出すことはできません。**

私は俳優の田口トモロヲさんと「**ブロンソンズ**」というコンビを1994年から組んでいます。60～80年代、アクションスターとして一世を風靡したチャールズ・ブロンソンに憧れ、その生き様を学ぼうと結成しました。

ある程度の年齢の方ならご存知のとおり、ブロンソンはいまの尺度から考えれば、とてもかっこいいと言えるルックスではありません。皺《しわ》だらけの顔にヒゲ、私は「**ぶちゃむくれフェイス**」と呼んでいます。

そして出演している映画は、ほぼB級アクション。俳優であれば途中で、演技派に転向したり、メジャー大作に移行したりするものですが、ブロンソンは70歳を過ぎても、日本では劇場公開されないようなアクション映画に出ていました。しかもその内容はほとんど、愛する者を殺された主人公（ブロンソン）が、復讐の鬼と化して悪者を容赦なく懲《こ》らしめる、という展開のものばかりです。

90年代ともなると、「ファンだった」という人はいても、「ファンだ」という人はほとんどいませんでした。

私とトモロヲさんはその頃、ずっとブロンソンのことばかりを考えていました。ブロンソンをテーマに朝まで飲み、手に入る限りのビデオや映画パンフレットや写真を手に入れました。実際に爆買いしていたのは、私とトモロヲさんだけだったのですが、中古ビデオ屋の店主が「ブロンソンの人気が急上昇」と勘違いして、ブロンソン主演作が値上がりするという事態にまでなりました。我々は自らの首を絞めていたわけです。

問題は、なぜブロンソンに惹かれるのか？　ということです。

ブロンソンの人生を調べていくうちに、人に望まれた同じような仕事を、いつまでもし続けていることを知りました。主演作のヒロインには自分の妻ばかりを抜擢し、挙句には音楽をその妻の連れ子に担当させたことも知りました。そういったブロンソンのプライベート、劇中のキャラクター、両方から共通して浮かび上がったのは、「男気」というキーワードでした。これはずっと文科系で生きてきた私たちからは程遠く、しかし憧れる概念でもありました。

そして私とトモロヲさんは、雑誌「スタジオ・ボイス」に、交互に悩み相談をする連載を売り込みました。悩みを打ち明けられたほうは、ふだん文科系だと言えないような、「仕事を選んでいるようじゃ、まだまだだぜ」といった力強いメッセージを、「ブロンソンになりきって」男気たっぷりに答えます。今までに「ない」一風変わった人生相談コーナーとなり、人気を博しました（現在は「ポパイ」で連載再開中）。

右：1995年11月発売（ごま書房／2007年ちくま文庫版も発売）　中：勝手に日本語の歌詞をつけて熱唱。1995年6月発売（東芝EMI）　左：CDの販促用に制作した三度ブロンソンになれるヒゲ・シール

その後、この人生相談をまとめた単行本『**ブロンソンならこう言うね**』や、ブロンソンの出演したCMソングと映画『大脱走』のテーマに、勝手な日本語詞をつけて歌ったシングルCD『**マンダム〜男の世界／大脱走'95**』を発売、1997年には川勝正幸さんをプロデューサーに迎え、スチャダラパーや東京スカパラダイスオーケストラなどにも参加してもらい、アルバム『**スーパーマグナム**』を制作。免許も持っていないのにブロンソンズの二人で車の広告にも出演し、ブロンソンがお亡くなりになったときは、「**ブロン葬**」というお別れイベントまで企画、開催しました。

　アルバム『スーパーマグナム』は、クエンティン・タランティーノ監督が来日した際、CDショ

タランティーノ監督もお買い上げ、1997年4月東芝EMIからリリースされたCDの再発売版。2003年10月発売（LD&K）

ップで見つけ、2枚も買ってくれていました。そして1枚は自分用、もう1枚は、なんとブロンソンの娘さんにプレゼントしたというのです。タランティーノ監督に取材でお会いしたときに、本人から直接この話を聞いて、大興奮しました。

これが「突き詰める」です。なぜ好きなのか、そこをどんどん狭めて考えていったときに、誰も手をつけていない「ジャンル」が浮かび上がってくるのです。

人からの影響も受ける〜大島渚

このような仕事をしているおかげか、私のイメージは、誰からも影響を受けず、流行にも左右されず、ただ我が道を追求していると思われることが多いようです。

しかし決してそんなことはありません。私が何かをする上でのモチベーションのひとつに、**「好きな人になりたい」**というのがあります。後述しますが、高校時代、**吉田拓郎さん**

に憧れてオリジナルソングを膨大な数、作詞・作曲しましたし、**横尾忠則さん**に憧れて美大に進学もしました。「この人は外国人なので無理だ！」とハッキリ気づくまで、**ボブ・ディラン**にもなりたいと本気で思っていました。

また、そういった尊敬する有名な年上の方だけでなく、同世代や年下の方にも影響を受けることが多々あります。ちなみに今でも私が髪を長髪で真ん中分けにしているのは、同世代のアイドルとして高校時代から大好きだった、**栗田ひろみさんになりたかったからなのです。**

バンド活動を始めたのも、まさにそれが理由でした。

1989年に**『いかすバンド天国』**（**通称『イカ天』**）という番組が始まり、それがきっかけとなって、一大バンドブームが巻き起こりました。

その番組に、私も**「大島渚」**という名前のバンドを組んで真面目に出演しました。私はこのときすでに31歳で、文章やイラストの仕事をメインに暮らしていました。

番組での**優勝**（イカ天キング）こそ叶いませんでしたが、メジャーレーベルからお誘いをいただいたり、その後アルバムを発売したりライブツアーを行ったりと、数年間普通のロックバンドのように活動をしました。

このバンドを結成するきっかけになったのは、「THE NEWS」という若い三人組の女性バンドを見たことでした。

当時、私はよく音楽やお笑いの審査員も頼まれてやっていました。THE NEWSとは、私が審査員を務めるあるロックコンテストで初めて出会いました。その演奏を聴いた瞬間、素直に「これぞロック！」と衝撃を受けました。

漫画家の喜国雅彦らと結成した「大島渚」の1stアルバム。1990年3月発売（エクスプロージョン）

審査員の持ち点は10点で、それをいくつかのバンドに振り分ける審査方法でしたが、私は10点すべてをTHE NEWSに入れ、結果彼女たちがそのコンテストで優勝しました。しかしいざ授賞式というとき、「アルバイトがある」という理由で、彼女たちは帰ってしまっていたのです。

そのとき私は、もう審査員なんかやめよう、と思いました。そんなロックな彼女たちと、同じ目線に立ちたいと思ったからです。ある程度の年齢になって、ある程度の仕事をしてきて、ある程度の知名度を得ると、現役から評論家へと立場が変わってきます。しかし、それで自分は満足しているのだろうかと、自問自答しました。そして、まだまだ落ち着いて他人のことをとやかく言ってる場合ではない、もう一度現役に戻らねばと、彼女たちの姿を見て決意することができました。

ＴＨＥ ＮＥＷＳは『イカ天』にも出演しました。実はそのとき、私は密かにバンドの猛練習を続けていました。審査する側ではなく、ＴＨＥ ＮＥＷＳと同じ出演者になりたかったからです。そして念願叶ってバンド「大島渚」として『イカ天』に出演したときに、ＴＨＥ ＮＥＷＳのメンバーから「かっこよかったよ」と電話をもらったときには、嬉しさのあまり涙が出たほどでした。

大人になると、なかなか自分よりも若い人の表現を素直に認めることができないものです。しかし、自分を奮い立たせてくれるものは、決して年上の世代や完成されているものだけではないのです。現在は「GLIM SPANKY」というバンドに本気で憧れています。

皆さんもぜひ、後輩の仕事ぶりにも注目してみてください。

好きなものが連鎖する～崖っぷち

電子辞書が普及したことの弊害に、「隣の文字を調べない」ということがあります。

普通の辞書であれば、目的の言葉を探したとき、自ずと隣の言葉が目に飛び込んできます。「インフレーション」を調べたのに、いつのまにか「陰茎」「淫乱」などを読みふけってしまった経験などは、おそらく皆さんにもあるでしょう。しかしその**無駄な作業が、逆に知識を豊かにしてくれた**ものです。

私はこれを、**「ぴあ現象」**と呼んでいます。

インターネットのない時代、映画やイベントやライブの予定や日時は、情報誌の「ぴあ」で調べたものでした。あるとき、私が好きなミュージシャンのライブの日程を調べていると、その隣に載っていたライブハウスの出演者に「キムチ前田」という名前がありました。キムチ前田。いまだに私はその名前が忘れられません。そのとき、誰のライブに行ったのかを忘れているのに、です。

このように、本来の目的を調べているときに、思わぬ何かが見つかるということがあります。あるいは、何かを夢中で調べていたおかげで、そこから派生してほかのものが好きになるということもあります。

私はある時期、「**崖っぷち**」に夢中になっていました。「グッとくる崖」を「**グッド・クリフ**」と呼び、崖のオリジナルソングを作り、自分が高所恐怖症だったことも忘れて、日本各地の崖を訪れました。「グッド・クリフ」のポイントは、「角度」、「立ち心地」、そして「せつなさ」です。

その頃、TBSの朝の情報番組『**はなまるマーケット**』から出演依頼があったとき、私が真っ先にしたことは、視聴者にグッド・クリフ情報の募集をかけることでした。すると、「朝の番組に相応《ふさわ》しくないし、意味もよくわからない」といった番組サイドの予想を裏切り、何百というファックスが寄せられてきたのです。主婦の皆さんのセンスは侮《あなど》れません。

とうとう番組内のスペシャルコーナーとなり、「**いい崖出してるツアー**」にもロケバスで出掛けました。背中に「崖」と書かれた着物をまとい、まだ新人アナウンサーだった安住紳一郎さんと共に新潟県から山口県までの崖を一泊二日で巡る私の姿は、「到底朝の放送とは思えない」と噂になりました。

安住アナには、「崖先生」と呼ばれた

なぜ自分がそれほど崖に惹かれるのか、最初のうちはその理由がわかりませんでした。

石川県能登半島のヤセの断崖を訪れたときのことです。まずその鉛色の空と海を背景に、地球上のせつなさを一身に背負ったような立ち心地に、求めていた崖がこれだったことに気づきました。そして崖の近くにポツンとあったのは、松本清張の石碑でした。

謎が解けた瞬間でした。私がなぜ崖に惹かれ、テレビ番組にまで発展させたのか。すべては松本清張の小説を映画化した野村芳太郎監督作『ゼロの焦点』のラストシーン、そのヤセの断崖の描写が、少年の頃からずっと心に残っていたからでした。

ＧＨＱ統治下のどさくさの日本。戦後の悲しい人間模様。金や女で陥る地獄。煩悩をえぐる描写。私はあるとき、そんな松本清張作品に夢中になり、若い人に少しでもその魅力を知ってほしくて、「**マツキヨ**」と呼んでみたりもしました。個人的には松本清張をきっかけに、下山事件や帝銀事件といった戦後の怪事件にものめりこみました。

しかし、まさか崖ブームの大元が松本清張だったとは、ヤセの断崖にたどり着くまで思ってもいませんでした。

ひとつのものに夢中になると、自然とそこから派生するものも頭のどこかにストックされていき、それが新しい仕事に繋がっていく……ということなのでしょう。

2 ネーミングの重要性

ネーミングでマイナスをプラスにする〜いやげ物

「見つける」「好きになる」の次は、それを世に広めていくわけですが、その前に大事なことは、**ネーミング**です。その事象になんと名前をつけるのか。ここでは、そんな例をいくつか紹介していきましょう。

前項で天狗やゴムヘビの収集について語りましたが、世の中で売られている土産物には、そのようにもらっても全く嬉しくないものがたくさんあります。

木魚に顔を乗せてうたた寝をしている坊主の置物、東京タワーや大阪城がペイントされた掛け軸、椰子の実の人形、なぜそんな写真を使ったのか？　という絵葉書……私は意図的に、各地へ行くたびにそんな土産物を買い集めました。

400点以上の「いやげ物」を掲載。1998年4月発売（メディアファクトリー／2005年ちくま文庫版も発売）

しかしある段階まで我慢を続けていると、天狗やゴムヘビ同様、「**これは私が集めねばならない**」という使命感が生まれます。

あるとき私は、ひょうたんにおかめやひ

右：一休なのか雪舟なのか？　なぞの深い「甘えた坊主」　左：「いやげ物」のネーミングを閃くきっかけとなった「ひょうたんくん」

ょっとこの「ヘン顔」が描かれた「ふくべ細工」を大量に買うためだけに、栃木県まで行きました。巨大なお面状のものから小さなキーホルダーまで、数々のひょうたんを購入し、宅配便代をケチって大きな紙袋を両手に持って歩き疲れ、這々《ほうほう》の体《てい》で駅近くの大衆食堂に入り、狭い座席に腰掛けました。

心から「こんなもの誰が買うんだろう」「もらったら絶対いやだな」と思った瞬間、**「いやな土産物……いやげ物！」**と、これまで買い集めてきた「いらないお土産」をズバリ言い当てるネーミングが閃いたのです。

これは私が実際に買い物に出掛けて、つ

らい体験をしたからこそ湧き出たネーミングでした。ネットで手軽にポチッと買っていたら、「いやげ物」のネーミングは思いついていなかったでしょう。

こうして名前とジャンルが決まると、いらなかったはずの「いやげ物」が欲しくなってくるから不思議です。木魚に甘えている坊主の人形＝「甘えた坊主」、「変な掛け軸」＝「ヘンジク」、「椰子の実人形」＝「ヤシヤン」、「カスのような絵葉書」＝「カスハガ」など、それぞれの土産にもオリジナルの名前をつけました。

観光地に行って「うわ、これいらないなあ」と思った瞬間、**「俺が買わねば！」**とスイッチを入れて買います。土産物屋で木彫りの不細工なビーナス像が4万円くらいで売られていたときには、さすがに躊躇《ちゆうちよ》しましたが、もう後戻りできません。誰が買うのか？ 私が買わねば、なのです。

大量に集まってくると、これがひとつのジャンルとなっていきます。大変な労力とお金をかけ、自分を洗脳し続けた結果、この「いやげ物」は雑誌連載を経て、書籍になりました。その後は、天狗やゴムヘビらと共に国内を巡回する大規模な展覧会を開催するまでに至り、「いやげ物」という言葉は市民権を得て、巷《ちまた》でも少しずつ使われるようになりました。

装幀は憧れの横尾忠則さん！　2000年7月発売（集英社／2004年集英社文庫版も発売）

本質を突く～とんまつり

日本各地を回っていると、「これは本気でやっているのだろうか？」という不思議な祭りに出会うことがあります。顔を白塗りにして両頬に〝笑〟の文字を描いた老人が、ひたすら村中を笑いながら歩く「**笑い祭**」。神様と相撲をするという設定で、一人で土俵で相撲を取る「**一人相撲**」。巨大な男根を模した御神体を、恥ずかし気もなく公道でかつぎ練り歩く「**豊年祭**」。

もう「どうかしてる」わけです。しかしそこで「そこがいいんじゃない！」という発想になります。当時、祭りに出かけて夢中になってカメラのシャッターを押す私の姿は、地元のテレビのニュースにもよく映りこんでいて、私のほうもどうかしていたのですが。

こういった祭りは、学術的には「奇祭」と呼ばれます。しかしそれでは、人々は興味を持たない。そこで私は、「とんま」な「まつり」で**「とんまつり」**と名づけ、『とんまつりJAPAN』という本を書きました。

ただ、これは**図らずも本質を突いた言葉**でもありました。祭りはそもそも、年に一度、日々のことを忘れる「ハレ」の場です。それは言い換えると、年に一度、祭りのときくらい皆、とんまになろうということなのです。なので「とんまつり」は、意味としては正解だと思います。

上：和歌山県日高川町「笑い祭」
下：愛媛県今治市大山祇神社「一人相撲」

しかし、最初のうちは高尚な方に、**「うちの祭りは、とんまなんかじゃない！」**と怒られたこともありました。それでも紹介を続けていると、「奇祭」としか言われていなかった祭りが、「とんまつり」になって以降注目され始め、「一人相撲」や「笑い祭」などをテレビで見かけることも増えてきました。
これも「ゆるキャラ」同様、「**地方おこし」になっていた**のです。しかも自治体が予算を組んで始めるような堅苦しいものでなく、「とんまつり」で地方が活性化され、元気になっているのは喜ばしいことです。

造語が普及するかどうかのポイントは、マイナスから入っているかどうかが大きいような気がします。普通宣伝のキャッチコピーはプラスの面を強調して伝えることが多いですが、それだと「名前ほどたいしたことない」「名前負けである」と思われてしまいがちです。入口がマイナスな名前は、その点安心です。そして、「**友達同士でつけた先生のあだ名**」のように、相手に怒られるかもしれないくらい破壊力のあるネーミングのほうが、流行りやすいと感じています。

怒られることを逆転する〜らくがお

マイナスを逆転する手法で、もっともわかりやすく、かつ高度なのは、「**本来、怒られる**

ことで、褒められる」です。

私は小学生の頃から、教科書に落書きするのが大好きでした。自分の教科書だけでは飽き足らず、今日の授業で先生に当てられるはずの友達の教科書の、偉人の顔写真にもあらかじめそっと落書きしておきました。友達が当てられて教科書をめくった瞬間に笑い出すのを見る、といういたずらです。

当然見つかれば、先生に怒られます。教科書に落書きは、本来してはいけません。偉人の顔にヒゲやホクロやメガネを描き加えてはいけないのです。

表紙は現在の東京都知事。1993年11月発売（小学館）

私はこの行為に、〝落書き〟と〝顔〟で「**らくがお**」という名前をつけてみました。そして、学年誌「小学五年生」と「小学六年生」で、子供たちに向かって「らくがお」を「堂々とやっていいよ」と呼びかける連載を始めたのです。

最初は編集者も、そんな企画で応募がくるのかと半信半疑でした。さらに、毎月誰かの顔写真を「お題」にするのですが、「らくがお」されることが前提の企画で写真を貸してくれる著名人はおらず、しばらくは私の友人たちにその役目を頼んでいました。

ところがいざ蓋を開けてみると、編集部の想像を遥かに超えた大反響となりました。毎月、小学生たちから段ボールに何箱もの「らくがお」が届いたのです。

有名人の顔に落書きをするというのは、誰もがやっていることですが、「ジャンル」ではなかった。しかも落書きは、本来なら怒られるマイナス行為です。しかしそこに「らくがお」という名前を与え、ジャンルを作ってあげることで、「笑える！」「うまいね～」「センスいいよ」などと褒められるプラス行為になったのです。

掲載された子の親から、「今までうちの子は勉強も運動も褒められたことがありません。しかし雑誌に載ったことで自信を持ったし、クラスの皆にも褒められました」とお礼状がきたこともありました。

その頃には誤解も生まれ、「**これはアート行為だ**」、「**子供の創作意欲を伸ばす**」などとも世間から言われ始めました。

そして「らくがお」は学年誌を超えたブームになり、所ジョージさんのテレビ番組『どちら様も!! 笑ってヨロシク』のコーナーにもなりました。

そして、著名人の方々はもちろん、時の**総理大臣**まで、お題となる顔写真を貸してくれるようになったのです。

重い言葉をポップにする～親孝行プレイ

ここまでで、私が世間ではマイナスとされているものを、「ポップ」に見せることを意図してやってきているということが、次第におわかりいただけているかと思います。

このポップにするための、手っ取り早い方法は、何にでも**言葉の終わりに「ブーム」か「プレイ」をつけてしまう**ことです。たとえば一般的にマイナスだと思われている単語である「童貞」や「失恋」も、「**童貞ブーム**」「**失恋プレイ**」と呼んでみるのです。

失恋したら、それは誰だってへこみます。食事ものどを通らないと言われます。しかしそのとき、落ち込んでいる自分のその状態を「失恋プレイ」と呼んでみたら、どうでしょう？　なんだかわざとやっているようで、気持ちが楽にならないでしょうか。

右「親孝行」テクを披露した『親孝行プレイ』2007年4月発売（角川文庫）
左：みうらの原作を元に、要潤、安田顕、斎藤工ほか出演でドラマ化もされた。DVDも発売（キングレコード）

これは「深刻さ」を「なし」にしてしまうと言い換えることができます。

要は「ブーム」「プレイ」を言葉に足すのは、前述の「自分を洗脳する」ということに繋がるのです。面倒なことやネガティブなことも、楽しんでしまおうと自分に思い込ませるための手段です。

私が手がけた「ブーム」「プレイ」の中で、この最たる例が、「**親孝行プレイ**」だと思います。

「親孝行」と聞いて皆さんはどんな印象を持たれるでしょうか。大事に育ててくれた親への感謝を持ち、苦労をかけたぶんのお返しをしたい、これからは自分が幸せにしてあげたいと思う方も多いでしょう。

しかし一方で、感謝の気持ちはあるけれど、こっちだって都会で忙しく働いているし、そうそう帰省もできない、いざ会ったり話したりするのは何だか照れ臭い、と思っている方もかなりの割合でいるのではないでしょうか。

どちらにせよ、そこには「親子関係」という、よくも悪くも「重い」人間関係があることを無視することはできません。ポップではないのです。

そこで後者のように、親孝行に二の足を踏んでしまうタイプの方に、私は「親孝行プレイ」という考え方を提唱しました。

親孝行は照れ臭い、しかし「プレイ」と名づければ楽しんでやれるのではないか、大事なのは行動で、最初は偽善でも演技でもかまわない。そういう考えに基づいて、帰省したときや、家族旅行に行ったときのテクニックを、書籍にして発表したのです。

両親と自分、自分の嫁と子供の食事の席順、実家の応接間に置いてある装飾品についてのトークの仕方、わざと子供のように甘えて母親の母性をくすぐる方法、会社の部長やタクシーの運転手を相手に、父親との会話を訓練する方法、老人にこそ贈るべき若者風プレゼント……私自身が実践してきた、ありとあらゆる親孝行テクニックを披露しました。

ちなみに「親孝行プレイ」をさらにやりやすくするべく、親孝行家をロックンローラーのように「**親コーラー**」、えなりかずきさんレベルまで年配の方々に好かれるようになる状態を「**エナリスト**」とも名づけました（全く浸透してはいませんが……）。

すべては「親孝行」という尊いけれど重たいニュアンスを払拭し、気軽に親に優しくするためのネーミングでした。

皆さんも会社で仕事がつらいときや、家の家事が大変なときなど、「**会議プレイ**」「**残業ブーム**」「**ゴミ捨てプレイ**」などと心の中でつぶやいてみてください。

流行るものは略される〜シベ超

ブームになるものはかなりの確率で、言葉が略されています。昨今のヒット商品番付と呼ばれるものを見ても、「アナ雪」「朝ドラ」「ハリポタ」「壁ドン」「ビリギャル」「パズドラ」……と、略語が多く目につきます。

つまり、「**約《つづ》められる**」**ことが流行のルール**とも言えます。

いつからこのような略語文化が生まれたのかは、専門の方の研究に譲るとして、それでもほんの20年くらい前までは、『**セカチュー**』（世界の中心で、愛をさけぶ）のように、映画の題名などを略すことはなかったかと思います。

右：水野晴郎監督から届いたファックス
左：2004年度「日本映画批評家大賞」功労賞のトロフィー

人名ならばその頃でも、ジミヘン（ジミ・ヘンドリックス）、ショーケン（萩原健一）といったものがありました。しかし、『ロマ休』（ローマの休日）、『スタウォー』（スター・ウォーズ）などと略した題名が一般に浸透した……という例を思い出せません。

映画の題名を略すというセンスのおかしさ。または、それによって何か違った解釈が生まれることに興味があった私は、ある映画のことを勝手に『シベ超』と呼ぶことにしました。

シベ超。『シベリア超特急』のことです。1996年、映画評論家の水野晴郎さんが監督・脚本・製作・主演を務められた映画作品です。後にシリーズ化もされました。

この映画が「**すごい**」ことは、当時から力説させてもらいました。

まずびっくりするのは、『シベリア超特急』というタイトルの映画なのに、列車がまるで走っていないように見えることです。そして2作目になると、**ほとんど列車が出てこない**こと。戦時中にもかかわらず、ホテルの部屋がなぜかオートロックであったりもします。そして、水野晴郎さんがスクリーンにあらわれたときの、その芝居に観客はざわつきます。

この映画について酷評した人もいたようですが、ここまでお茶目な無防備さと映画に対する愛があれば、当然、光るものがあるのです。

映画館で、鑑賞後のエレベーターのあたりですぐに「つまんなかったね」と、一言で片づける人がいます。それは才能と経験がない人です。映画は、面白いところを自分で見つけるものなのです。

私は「**そこがいいんじゃない！**」と、『シベリア超特急』にも夢中になりました。この怪作をなるべく多くの人に知ってもらいたい。

そのとき必要だったのは、広まるための言葉です。そこで私は『シベ超』と約めて、映画雑誌で紹介しました。すると、途端に「違うもの」になりました。水野さんも最初の頃は、作品が台無しになるこの略語が不本意だったそうです。

しかし、一度台無しになるからこそ広がるのです。

その後、この作品がカルト的人気を誇るようになり、シリーズ化されていったのは、『シベ超』という、**思わず口に出したくなるキャッチーな言葉の力**も大きかったと思います。後に、水野さんご自身も喜んで『シベ超』と略して語られるようになり、私に、水野さんが発起人だった「日本映画批評家大賞」の功労賞を授与してくださいました。

意図しないものが流行る～DT

言葉の力だけで解決できることは、実は意外と多いのではないかと私は思っています。

朝日新聞にコラムを連載していたとき、「暴走族」がなくならないのは、その呼び名がかっこいいからではないか。だから「**オナラプープー族**」と名前を変えるべきだと書きました。そんなかっこ悪い名前の族に入ってまで、誰が暴走行為をしたいと思うか。そこが狙いでしたが、世の中的には採用されなかったようです。

私がやってきたことは、だいたいこの逆のことです。恥ずかしいこと、口にしたくないこと、世の中で陽が当たっていないものごとに、名前をつけたり言葉を言い換えたりして、ポップにして表に出す。これまでも数々の事例でそのことを伝えてきました。

しかしたまに不思議な現象が起こります。私が言い換えたポップな名前ではなく、硬くて地味だった元ネタの言葉のほうが流行ってしまうという、めずらしいパターンです。

それが「**童貞**」でした。

かつて童貞はマイナスなイメージしかありませんでした。童貞の男にとってはコンプレックス。そうでない男にとっては思い出したくない過去、あるいはバカにする対象。女性からも、なぜか「不潔そう」とか、「性的な部分以外でも大人になっていなそう」とか、いわれのない拒否反応を示されたものです。

私自身も、上京して年上の女性に筆下ろしをしていただくまでは、一人部屋にこもってはおセンチなポエムを書いたり、ギターを掻き鳴らしてオリジナルソングを大声で歌っては近所の人から叱られたり、一目惚れした女子にいつでも渡せるように宛名のないラブレターを持ち歩いていたり……という、痛い青春時代を送っていました（こういう状態を「**童貞をこじらせる**」と呼んでいました）。

でも、そんな童貞時代も楽しかった、あのとき妄想したことや、やってしまった滑稽なことも、後から考えれば得難い体験だったということを伝えたくて、私は「童貞」のことをポップに「ＤＴ」と変換し、伊集院光さんと共著で『ＤＴ』という本まで出しました。

「みうらは童貞でもないくせに、ましてや『やりにげ』なんて本も書いているヤリチンのくせに」

2002年8月発売（メディアファクトリー／2013年角川文庫版も発売）

そんなちょっと嬉しい批判を受けたこともありましたが、「ＤＴ」とは、童貞を卒業してもまだ気持ちが童貞のままで、童貞の頃のコンプレックスや空想癖が抜けていない「**精神的な童貞**」も含んだ言葉なのです。

この「ＤＴ」という言葉は少し話題になりましたが、私自身、予想してないことが起き始めました。

それはこの「DT」という言葉をきっかけに、大元の「童貞」という言葉自体が流行り出したのです。映画のタイトルに用いられたり、雑誌やテレビでその単語を堂々と発する人もよく見かけるようになりました。それまではギャグとしても、なかなか口にできる言葉ではなかった「童貞」。そのまさかの本家の復活です。

さらには「こじらせる」という言い方も、あちこちで使われるようになりました。「童貞」を「こじらせる」ことを「DT」と呼ぼうという、A＋B＝Cという図式が、Cではなく、AとBが市民権を得てしまうという、めずらしい結果となったのです。

3 広めることと伝わること

母親に向けて仕事をする～人生エロエロ

普通の仕事ではどうかわかりませんが、**私は仕事をする際、「大人数に受けよう」という気持ちでは動いていません。**それどころか、「この雑誌の連載は、あの後輩が笑ってくれるように書こう」「このイベントはいつもきてくれるあのファンにウケたい」と、ほぼ近しい一人や二人に向けてやっています。あるいは、その原稿や絵を最初に受け取る編集者を笑わせたいだけで書いていると言っても過言ではありません。

知らない大多数の人に向けて仕事をするのは、無理です。顔が見えない人に向けては何も発信できないし、発信してみたところで、きっと伝えたいことがぼやけてしまいます。

私の場合、そんな「喜ばせたい読者」の最高峰は誰かと言えば、**それは母親です**。

「週刊文春」の連載をまとめた単行本。
2014年4月発売（文藝春秋）

そもそも母親を喜ばさなくて、どうして女の人を喜ばすことができるでしょう。私はデビュー以来ずっと、母親に褒められたくてこの仕事を続けてきたような気がします。

ただ、近年「週刊文春」で「人生エロエロ」というエロエッセイの連載をしているのですが、さすがにこれが母親の目に触れるのは恐怖でした。そんなある日、実家にいる母親から「**あん**

12年前 ゴジラを盗んだのは私です

漫画家 みうらじゅんさん 大反省

ボクも返すから名古屋のキミも

2メートルもの宣伝用人形 TVで教授した盗む法

横山さんら3選手本戦へ

最長老93歳も挑戦

1991年11月1日「報知新聞」

た、週刊誌でエロの連載してるやろ」と電話がかかってきました。「まずい！」と一瞬慌てましたが、しかし母親は「あれ、おもろいなあ」と続けました。

すべての仕事のモチベーションの根源はここにあります。友達の話を勝手に書いてその友達が怒っても、面白いエロ話を書いて昔の恋人が「あれ、私の話？」と問い詰めてきても、母親さえ許してくれれば、そして「おもろいわ」と言ってくれればそれでいいのです。

逆に言えば、母親が嫌がりそうなことだけをやらなければいいのです。

実はひとつだけ、その境界線を越えそうに

なった仕事がありました。それが前述の『親孝行プレイ』という本です。このときばかりは必死に言い訳したのですが、母親からは「いつだって私はあんたの味方やし、またおもろいネタあったら電話するわ」という意外な言葉をもらってほっとした次第でした。

ご存知の方もいらっしゃるかもしれませんが、**私は大学時代、映画館の前に飾ってあった2メートル大のゴジラの人形を盗んだことがあります。**当時、新聞やテレビにもこの盗難事件は大きく報道されました。

ちょうど帰省してテレビを見ていたとき、ワイドショーがその話題を取り上げました。私は内心ヒヤヒヤでしたが、そのとき母親が私に言った言葉は衝撃でした。

「**これ、あんたやろ。こんなことするのは、あんたしかいいひん**」

盗難は犯罪です。もってのほかの行為だったと深く反省しておりますが、この母親の名探偵ばりの指摘は、もはや「賛辞」でした。

私にとっていちばんの読者は母親である。その理由が、おわかりいただけたでしょうか。

雑誌という広報誌～奥村チヨブーム

前項では仕事に対する心構えとして、母親に対して仕事をすべきだと説きました。その軸はぶれてはいけませんが、「母親だけしか知らない」ことは仕事として成立しません。仕事を見つけ、好きになり、母親が喜ぶように発表できるようになったら、次は「**広める**」という、いちばん大事な段階に入ります。

どれだけ面白いことを考えても、人に知られなければ仕事ではありません。

私の場合は、ここである戦法を取ります。

幸いなことに私は、女性ファッション誌からエロ本まで、読む層や本屋の棚も全く違う、多種多様な雑誌で連載をさせていただいています。なので、そのときハマっている「マイブーム」について、**一気に全部の雑誌に書く**のです。

世間の人は、「こいつ、あちこちで同じことを書いている」「ネタの使い回しだ」とは、実は思いません。コラムの書き手の名前をいちいちチェックしているマメな読者や、私の連載を全部追いかけてくれるような熱心な読者は少数だからです。私が狙っているのは、あるとき美容室で読んだ女性ファッション誌で、「いやげ物」について書いてあるのを読んだ読者が、別の日に病院の待合室で、週刊誌に書かれた「いやげ物」についての記事を読むことです。するとその人はこう思います。「あれ、また、いやげ物というのが載っている。もしかして流行っているのかな?」と。

あるいは、ある雑誌で「とんまつり」について読んだ人がいたとします。その人が友達と酒を飲んでいるときなどに、別の人が別の雑誌で読んだ「とんまつり」の話をし始めたとすると、「あ、俺もその話題知ってる!」と盛り上がるわけです。「もしかして、それブームになっているのか?」と、途端に興味を持ち始める、というわけです。

20ページのブックレット付き。1994年3月発売(東芝EMI)

奥村チヨがマイブームのときにも、その手法を使いました。チヨさんといえば、「恋の奴隷」でおなじみの60~70年代に大活躍した歌手です。お色気と可愛らしさを同時に持ったチヨさんは、子供の頃からの憧れの方でした。

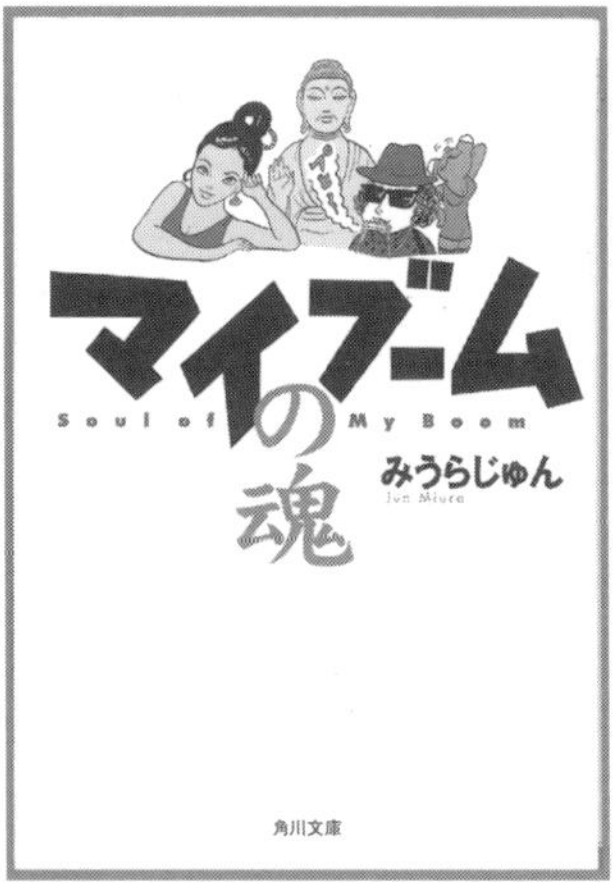

1997年6月刊行の単行本（毎日新聞社）を文庫化。2001年4月発売（角川文庫）

1994年、豪華ピンナップ集つきの奥村チヨ2枚組ベストアルバム『**CHIYO!　コケティッシュ爆弾**』が発売されました。このアルバムは、私が企画し、東芝EMIのスタジオに1日こもってチヨさんの収録したすべての音源を聞いて選曲し、倉庫に眠っていたセクシーピンナップから写真を選んでブックレットを作った、というものです。

当初、チヨさんは勝手に企画、選曲され、承諾なしに写真を使われたことで、私に対してご立腹されていました。当然のことです。しかし、私が「フライデー」「宝島」「アサヒ芸能」「花時間」などなど、様々な媒体でチヨさんの魅力とこのCDの告知を書きまくったところ、**若者を巻き込んだ奥村チヨ・リバイバルブームが到来！**　とうとうチヨさんから感謝の言葉をいただき、ブルガリのボールペンまで贈っていただきました。

私の「連載に同じことを一気に書く」戦法の詳細を知りたい方は、ぜひ『**マイブームの**

魂』という本を読んでみてください。奥村チヨブームのほか、ブロンソンブーム、ボブ・ディランブームなど、同じテーマで様々な雑誌に書きまくった「証拠」をわざと公開しています。

接待の重要性～VOW！

前項を読んで、「しかしその広め方は、たくさん雑誌連載を持っているからできることではないか？」と思われる方もいらっしゃるでしょう。

しかし、その連載を得るためには、「一人電通」として「**接待**」**という名の飲み会**を欠かしてはいけないということが重要になります。

雑誌の仕事の場合、編集者に気に入られなければ、仕事はきません。

最初に単発の仕事を頼んでくれた編集者がいたとします。当然、自分の何かを面白がってくれたから依頼がくるわけです。だとしたら、自分のやりたいことはとりあえずさておき、その編集者が喜ぶような仕事をしなければなりません。

仕事は読者や大衆のためにやると思う人もいるかもしれませんが、前述した通りそれでは逆に、仕事の本質がぼやけます。考えるのは母親と、目の前の編集者だけでいいのです。そして編集者が最初の仕事を面白がってくれれば、やがてそれが連載へと繋がるかもしれません。

そのためにも必要なのが、「接待」です。私はお酒の席にもよく編集者を誘います。才能があって接待がない作家と、才能はそこそこだけど接待がある作家。私はもちろん後者で、しかも「一人電通」の営業マンも兼ねています。さて、編集者がどちらを選ぶのか？

酒を酌み交わせば、おのずと距離も近くなるというもの。そのとき編集者と作家は同胞である、友達であるという意識が初めて芽生えます。同じ仕事をするならそうしないと楽しくない。そもそも、自分の才能を認めてくれた第一人者なのですから、仲よくなりたいと素直に思えます。

そうやって気心が知れて、ざっくばらんに会話ができるようになってくると、次の段階に入ります。編集者がお酒で調子がよくなっているところを狙って、「打診」を始めます。

「あの囲み記事の連載だけど、1ページでやってみるのはどうかなぁ？」

こちらにしてみれば大きなことですが、もしかしたら雑誌にとってはたいしたことがない差かもしれません。

「今モノクロページだけど、あのネタはカラーで見せたほうがもっといいと思うんだけど」

一気に、ではなく、徐々に、というのがテクニックです。次第に、自分がそのネタをもっと効果的に見せたいという、クオリティの面にまで「交渉」は及んでいきます。

「このページは写真がこの大きさで、タイトルの入り方はこう、文章はここに入れると、面白いんじゃないかなぁ？」

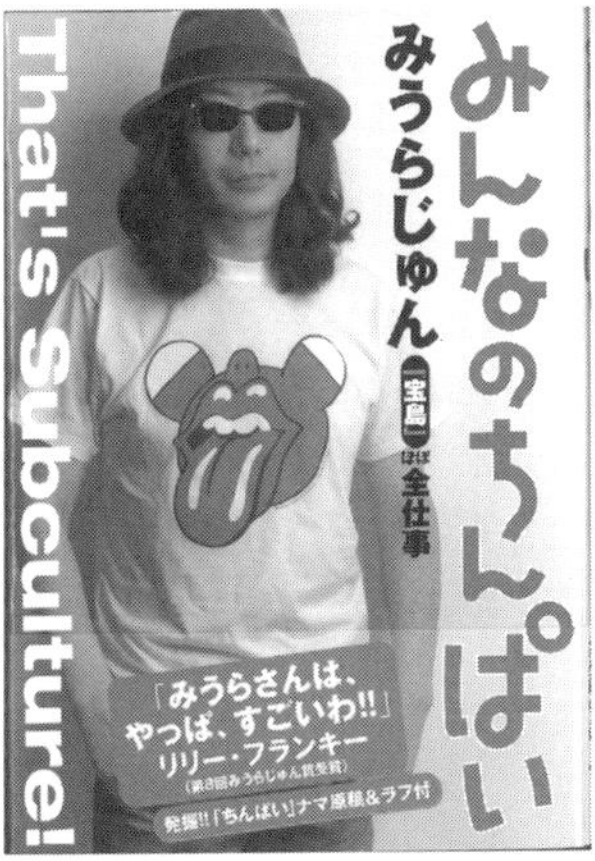

雑誌「宝島」内「VOW!」コーナーの「ほぼ全仕事」をまとめた本。小さな囲みの連載が1ページに拡大したことがわかる。2006年8月発売（宝島社）

ネタを広めるためには、その「見せ方」も重要なのです。いかにインパクトがあるように見せるか、それをいちばんよく知っているのは自分ですから、私は接待の末に、小さな囲み記事から、時間はかかりましたが、1ページを自由に仕切る権利まで手に入れていきました。

言わせていただきますが、私とこうして

酒を飲んでくれた編集者は、**結構な確率で出世**しています。きっと「飲み屋の約束」をしっかり果たしてくれる編集者には、将来大物になる素質があるのでしょう。

25年ほど前、スポーツ雑誌「ナンバー」の、若大将のような新人編集者が私のところにやってきました。スポーツが苦手で全く知識のない私に仕事を頼みにくるとは、かなり変わった人だと思いましたが、その編集者とは、後に「巨人の星巡礼の旅」、「タイガーマスク巡礼の旅」、「ブルース・リー巡礼の旅」など、私がその主人公になり切って（コスプレもして）、思い出の地を巡るといったスポーツと関係があるのかないのかよくわからないおかしな企画で一緒に取材旅行に行き、朝まで酒を飲みました。

そして2012年、その編集者から久しぶりに突然電話がありました。「週刊文春」の編集長になることが決まったので、連載をしてほしいというのです。とても嬉しかった。

「**みうらさん、テーマは〝エロ〟でお願いします**」

長年私のことを気にかけてくれていたからこそそのテーマを与えられ、始まったのが、「人生エロエロ」なのです。

てておきましょう。

「接待」は、若いサラリーマンにもできるすごい武器なので、もう少し具体的な例をあげておきましょう。

たとえば、上司に誘われて、飲みに行く場合。誘ったのは上司だし、おごってくれるとわかっていても、**お会計の前に外に出て待っているのはNGです。**演技でもいいので、レジの前で財布からお金を出すふりをしてほしい。上司としてみれば「いいよ、ここは私が払うから」などと言って、おごるシーンを見せたいものなのです。

そして、いくら「今日は無礼講」と言われたとしても、どんなに酔っぱらったとしても、最後まで敬語で通してください。**敬語を使われて嬉しくない上司はいません。**

話題の選び方も大事です。たまに空気を読まずに自分の話ばかり延々とする後輩がいますが、そんな人は次回から飲みの席に呼ばれません。とは言え、黙って聞いているだけでなく、**たまにピリッと笑える話を差し込んだり、いいタイミングで間《あい》の手を入れる**くらいを目指しましょう。

最近はタバコを吸う人も減りましたが、もしあなたの上司がヘビースモーカーだった場合、かなり有効な奥義《おうぎ》があります。それは、上司のタバコがなくなりかけているなと思ったら、トイレに立つふりをしてタバコを買ってきて、上司の前にスッと置くのです。**しかも2箱重ねて。**これでもうその上司はあなたにメロメロになり、かわいがってもらえるでしょう。

最近の若い人は、飲み会や接待を嫌うと聞きますが、もったいないと思います。ずばぬけた仕事の才能の持ち主なんて、世の中にそうたくさんいません。同じ仕事のスキルを持っている人が二人いたら、「接待力」のある人のほうが断然有利です。

「接待力」は鍛えれば身につけることができます。「習う」より「慣れろ」です。「接待力」が身につくと、仕事の「営業トーク」も上手くなるでしょうし、職場も明るくなるし、楽しく仕事ができるようになるはずです。

チームを組む～ザ・スライドショー

人には限界があります。あらゆる才能が備わっていれば、一人で何でもできますが、実際にはそういきません。

「ない仕事」を成立させるためには、ここまで述べたとおり、好きな才能と広める才能、収集癖と発表癖、そのどちらかが必要です。

もしそのどちらかが、自分ではうまくいかないときはどうすればよいのか？　その答えは簡単で、**誰か得意な人とチームを組んでしまえばいい**のです。これはどんな仕事でも同じだと思います。大きなことを成し遂げるとき、同じ才能を持った者が集まるより、それぞれ得意分野が違う者が集まったほうが、きっとうまくいくことでしょう。**異能戦士が横並びで集まる。それが成功の秘訣なのです。**

私はそのことに、小学生の頃から気づいていました。

当時私は、誰にも頼まれていない学級新聞を、「ケロリ新聞」と名づけて制作し、勝手にクラスの壁に貼り出し、いつも先生に怒られていました。

普通、それだけ自己顕示欲が強いのであれば、すべてを自分一人で手がけるものなのかもしれません。

私は小学生の頃から絵を描くことは好きでしたが、自分には技術がないことをいち早く知っていました。しかし「こうすれば面白い」というアイデアはある。

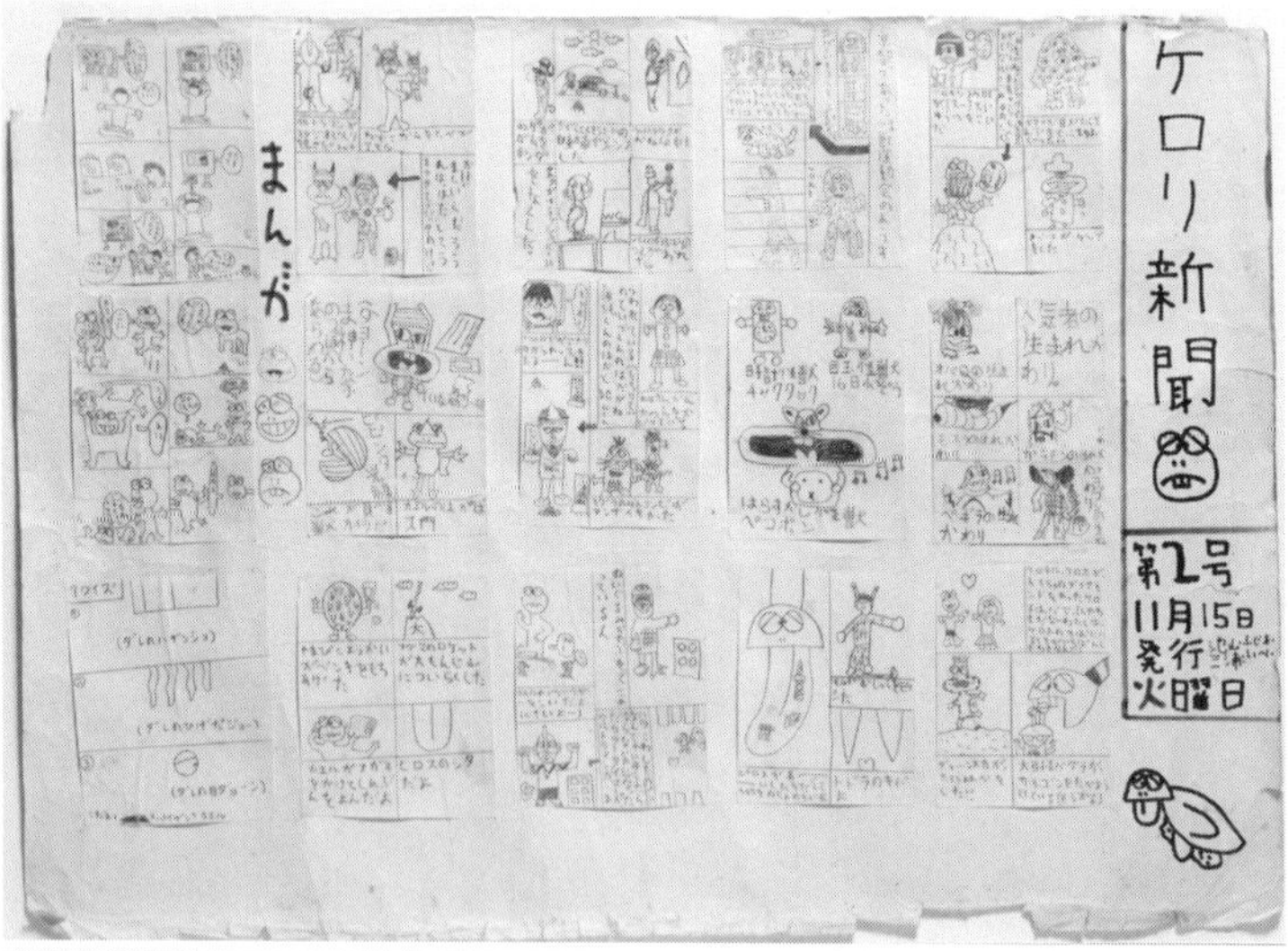

1966年11月15日発行の「ケロリ新聞」第2号と、同年12月1日発行の第5号

そこで私が取った手段は、「ケロリ新聞」の編集長として、クラスでいちばん絵がうまい友達にイラストを「発注」することでした。真面目な文章が必要なところには、いちばん頭のいいクラスメイトに原稿を「発注」しました。

最終的に面白いことが完成するのなら、すべてを自分でやる必要はないのです。

たとえば私は、いとうせいこうさんと「ザ・スライドショー」というイベントをもう20年近く開催しています。１９９６年にラフォーレ原宿で始めたこのイベントは、日本武道館や新幹線ツアー、ハワイ公演も成功させ、チケットが一瞬で完売してしまう人気イベントとなりました。

武道館公演のちらし

このショーの構成は、私が日本各地を回って写真に撮ってきた「ネタ」の数々を大ホールの大スクリーンに映し出し、いとうさんに見せながらしゃべるというだけのものです。

本来、ネタは私が見つけてきたものですので、

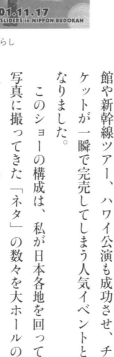

大写しにしたその写真の「笑いのポイント」や「落としどころ」を知っているのは私のほうです。しかし、いとうさんはときどき、ネタと関係のない、紙焼き写真の端に印字された撮影日を取り上げ、「あんた終戦記念日にどこ行ってるんだよ！」といった思いもよらぬツッコミを浴びせてくるのです。

これは、私にとっては非常に驚きでした。しかし、観客はいとうさんのするどいツッコミに爆笑します。私もアドリブで、そのツッコミに対し瞬時に返さなくてはならない。計算ずくが計算外に負けてしまうわけですが、そのときの私の、しどろもどろになったりする反応が、また観客の笑いを誘います。このイベントは、スライド・ボケ・ツッコミ・ショーなのです。

後述しますが、私は子供の頃には一人で怪獣や仏像のスクラップブックを何冊も作り、高校時代は何百曲もオリジナルソングを作り、悦に入っていました。しかも一人っ子で誰からもツッコミがない。ずっと天然培養のようなもので、その行為をおかしいことだと思わずに生きてきました。ですので、いとうさんの「みうらさん、あんたどうかしてるよ！」「もう、死ねよ！」という厳しいツッコミに、最初のうちは絶句してしまいました。

しかし、それが私に全くないセンスだったからこそ、観客は笑い、ショーは成立するのです。これも、「自分にない才能は、人に任せればいい」という考えが基になっている、よい一例だと言えるでしょう。

チームで仕事をする場合、自分と似たタイプではない人とあえて組んでみることをおすすめします。

言い続けること〜AMA

どんな仕事でもそうかもしれませんが、すぐに成果が出ないこと、それどころか最後まで形にならなかったことが私にもあります。

たとえば私は、20年ほど前から、「**海女**」**ブームがくるに違いない**と思っていました。それは高校時代、よくエロ映画で見ていた3本立ての中に「海女」シリーズが含まれていたからです。童貞高校生にとって縁遠いことこの上ない海女が苦手で仕方なかったのですが、これがいつまでも脳裏に宿便のようにこびりついていたのです。

前述したように、こうした「気にはなるが、好きではないもの」には、自分洗脳が必要

集めまくった海女人形が大集合！

です。半年、1年とかけて、海女がいい、海女がいいと呪文のように唱えていました。

　そうすると当然、海女もののポルノ映画のDVDから、海女の人形まで、様々なグッズを買い集めなければなりません。そして、千葉の「海女祭り」も行かなくてはならなくなる。正直に言うと、まだ喜んで行くほどではありませんでした。しかし「海女ブームがすぐそこにきているんだから」と、重い腰をあげて行くわけです。自分がそこに急行しなくて誰が行くのだと、ほとんど使命感のような気持ちで向かいます。

　そこにはグッとくるネーミングも必要だと考え、航空会社のように、「**AMA（エーエムエー）**」と呼ぶようにもしていました。

　しかし、私のマイブーム活動をもってしても、いつまで経っても、AMAがブームになる兆《きざ》しはありませんでした。ただ、それでもずっと折に触れ、AMAのことは言い続けていました。

そして２０１３年、そう、ＮＨＫの朝ドラで『**あまちゃん**』が放映されたのです。ここで一気に、本当の海女ブームが訪れました（ＡＭＡブームではなく）。

ブームにさえなればそれでいい。今回、私は発信者ではなく、予言者としてそう思ったものです。

そのブームに便乗して、日活ロマンポルノの「海女シリーズ」がＤＶＤで復刻されることにもなりました。

当時、頼まれもしないのに描いていた海女絵。後に氣志團のライブTシャツになった

めぐりめぐって、しかもかなり小規模な仕事ではありましたが、そのＤＶＤの推薦コメントの依頼をいただきました。これも、ずっと「ＡＭＡがマイブーム」と言い続けてきたからの結果だと思います。

仕事を得るためには、そのときすぐに結果が出なくても、いつまでも飽きずに言い続けることが大切なのです。

好きでい続けること～ディランがロック

言い続けることとはつまり、好きでい続けることとも言えます。

私がボブ・ディランの音楽に出会ったのは中学生のときでした。吉田拓郎さんの大ファンだったので、その拓郎さんが影響を受けたミュージシャンならばと聴き始めたのです。

当時、ディランは「フォークの神様」と呼ばれていましたが、それはすなわち、過去の偉人のような扱いでもありました。私もディランのレコードを買って歌声を初めて聴いたときは、「**しまった！**」という気持ちが拭えませんでした。もっとそのとき流行っていたロックのレコードを買えばよかったと、後悔もしました。

でもここで飽きてしまったら「普通」です。必死にディランを好きになろうと、お小遣いを貯めて、ファーストアルバムから遡って1枚1枚、修行のようにレコードを買い続けました。

しかし、ディランがフォークからロック期に差しかかるアルバム『ブリンギング・イット・オール・バック・ホーム』で、その修行が報われました。本当にかっこよかったからです。そしてようやく後追いではなく、リアルタイムの1974年に出たアルバム『プラネット・ウェイヴズ』を聴いてブッ飛んだのです。それは時代のブームとは全く関係ないサウンドでした。ロックでもフォークでもカントリーでもなく、ディランとしか言いようのないジャンルの音楽だったのです。

諦めずにディランを追いかけてきてよかった。「**ディランこそがロックなんだよ!**」と、私は当時の仲間たちに熱弁しては、「もういいよ、その話」と煙たがられるようになりました。

しかし仕事をするようになって、このずっと好きでい続けたことが形になるときがきました。次項で述べますが、『アイデン&ティティ』という漫画作品を発表したことがきっかけで、1993年、レコード会社から「ディランをもっと多くの人たちに聴いてもらうためにはどうしたらいいか?」という相談が寄せられたのです。

非売品となったみうら選曲のベスト盤

そこで私は、自分が選曲したベスト盤を企画しました。ど

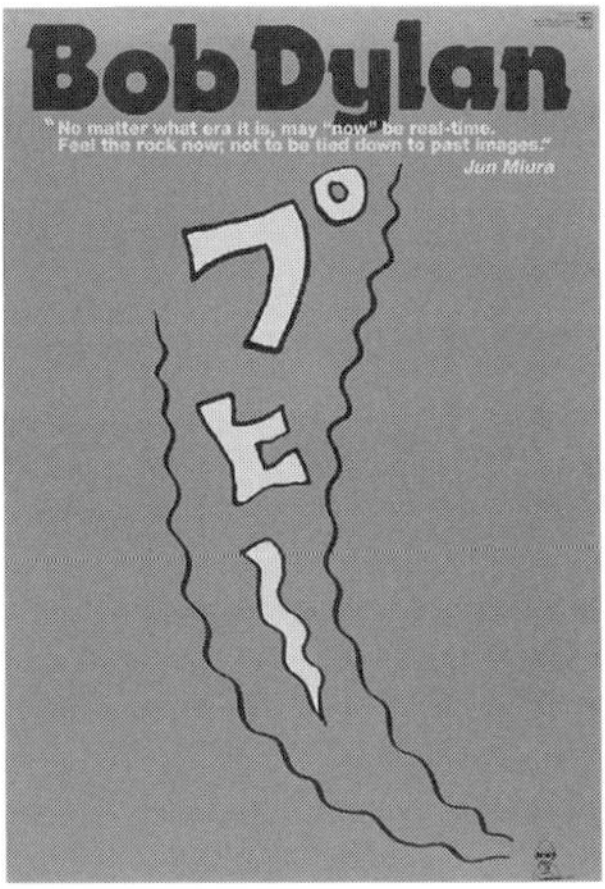

安齋肇デザインのキャンペーンポスター

うしたら若い人にディランを聴いてもらえるだろうかと考え、単純に「グッとくる」ロックサウンドだけに絞りました。それは、今までのベスト盤とは意味合いが違うものです。

すべてはあのとき感じた、「ディランがロック！」という気持ちです。実はロックはこの人のことなんだと伝えたかった。若いときに言われていた、「フォークの神様」なのではなく、ディランをもっと「今の人」として日本のリスナーに伝えたかったのです。

ポスターには、『アイデン&ティティ』の漫画で、私がディランのハーモニカの音として表現した「**プヒ～**」という擬音を大胆にあしらいました（これは、実はデザイナーが本業の安齋肇さんのアイデアです）。残念ながらこのときに制作したＣＤはディラン側の許可が下りずに、関係者のみにＰＲ用として配られただけでした（レア盤となったので、海外では数万円のプレミアがついたそうです）。

ですがそもそも、中学生のときから好きでい続けたディランに関する仕事です。当然、お金儲けをしようなどとは考えてもいませんでしたし、逆にお金を払ってでもやらせてほしかった仕事でもありました。

そしてそんな純粋な気持ちは、次に繋がっていくことを私は知ることになります。

暗黙の了解を破る～アイデン＆ティティ

ボブ・ディランを好きな思いは、さらなる展開へと進んでいきました。

前に「大島渚」というバンドを組んで活動していたという話をしました。80年代末の『イカ天』から始まるこのときのバンドブームの勢いは、ものすごいものがありましたが、終焉もあっけなく訪れました。

それまで天狗になっていた若者たち、そんな彼らにペコペコしていた大人たち、どちらもすっといなくなりました。ブームが去って以降、芸能界で生き残ることだけを考えたバンドもいれば、売れることなんかどうでもいいと、これまでどおりのポリシーを貫こうと

漫画『アイデン＆ティティ』1992年12月発売（青林堂）。角川文庫版もあり

しているバンドもいました。

私が1992年に刊行した**『アイデン&ティティ』**という漫画作品は、このバンドブームが終わった後の時代をモデルにした、あるバンドを描いた作品です。

自分の信じるロックと売れることへの葛藤。バンドメンバーとの諍《いさか》いやライバルの人気ミュージシャンへの嫉妬。自分を信じてくれる恋人への裏切りと反省、そして彼女のおかげでできた曲。

初めて好評を得たこの漫画は、後に田口トモロヲさんの初監督作品として映画化もされました。

本作では、主人公が悩むと彼の前にだけ、「ロックの神様」ことディランが現れ、そのときの彼に相応しいディランの詞を語ってくれます。いわばディランは「ロック版ドラえもん」のような役割を果たすのです。

実は当時、このボブ・ディランの設定に対して、いわゆるマニアの方々からのお叱りの声も聞こえてきていました。確かに、ディランは私よりも少し上の世代の方々からすると、まさに**神格化された存在**でした。

それなのに、日本の売れないロックミュージシャンに教えを施す、しかも犬のような顔に描いている、さらに（前項で述べましたが）ディランのハーモニカの音を「プヒ～」という擬音で表している。

峯田和伸、麻生久美子、中村獅童、大森南朋、マギーらが出演。DVDは2004年8月発売（東北新社）

たしかにマニアの方々がいい顔をしないのも頷けます。「ディランをキャラクターとして扱うなんてもってのほかだ」と思われるのも、わからないではありません。しかし、これまでもたびたび言ってきましたが、私がディランを好きだという熱量は決して負けないと思っていましたし、さらに、そのリスペクトの表現方法は人それぞれでいいのではないかと信じていました。

結果、映画化された『アイデン&ティティ』では、**映画のエンディングテーマとしては世界で初めて、代表曲「ライク・ア・ローリング・ストーン」の使用許可がディラン本人から下りました。**

『アイデン&ティティ』を出版して以降、構えずに「ディランはかっこいい！」と思って聴いてくれる若い人たちが増えました。ディランの来日コンサートでは、『アイデン&ティティ』の漫画本を持参して見にきていた若いお客さんに何人も会い、**「この漫画がきっかけでディランのファンになりました」**と言ってもらえたことは本当に喜びでした。

そして前項で述べた、私が選曲したベスト盤『ディランがロック』も、ついにディラン側から正式に許可が下りて、選曲をし直し、２０１０年に発売されることとなったのです。

宣伝用に「プヒ〜」のポスターも再度刷り、今回はポスターの裏面に、ディランが何歳のときにどのアルバムを発表したのかを一覧で並べました。「あなたの歳のアルバムを聴いてみてください」という意図です。

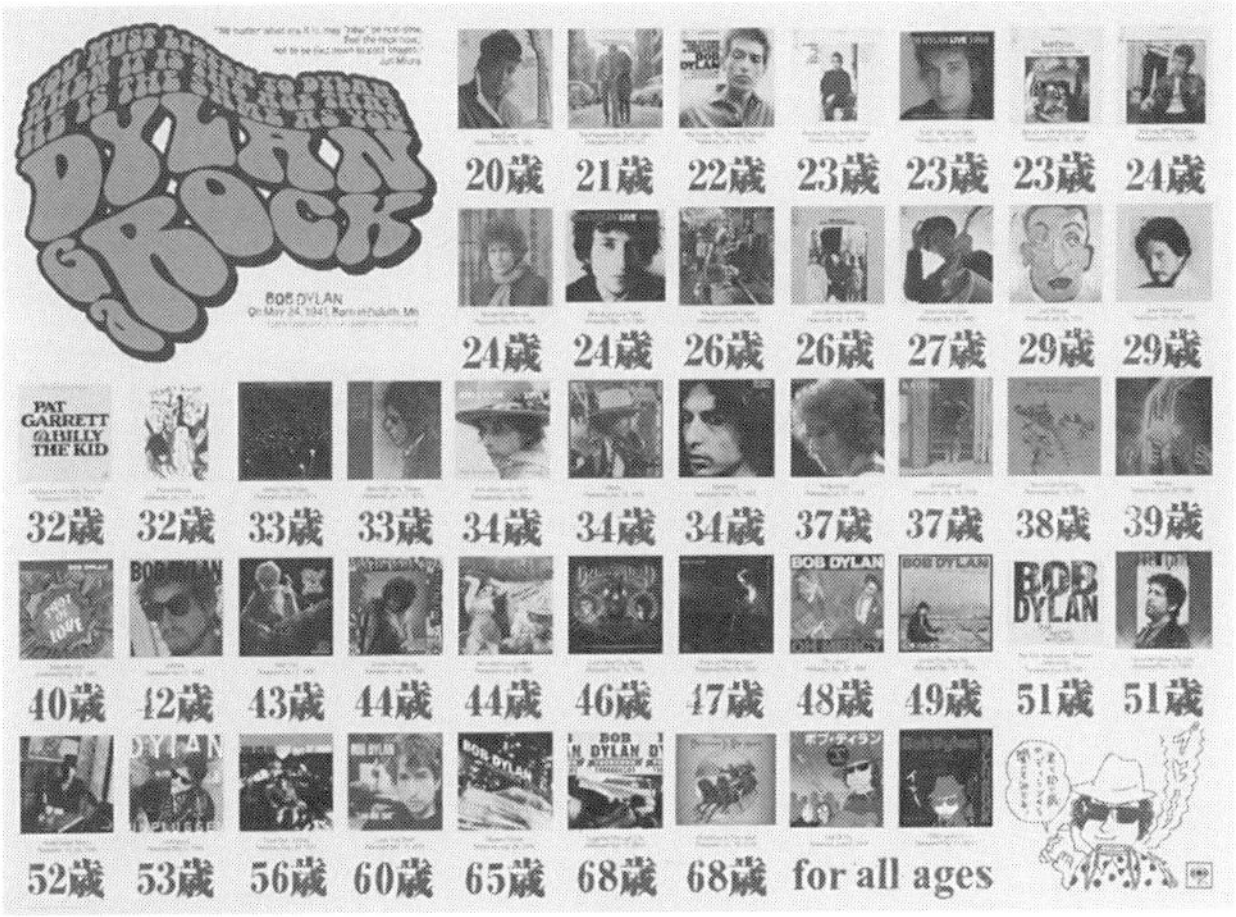

こちらの面のデザインはマイク・スミスが担当

これは本書の最後で語る「仏像」と同じなのですが、世の中には「触れてはいけない」と勝手に思い込んで、自主規制してしまいがちな世界があります。しかし、伝統を守るのもいいのですが、古い考えに縛られすぎて、いいものが多くの人に伝わるのを邪魔してしまうこともある。

その「高い敷居」や「暗黙の了解」といったものを取り除きたい。そんな思いも私の「ない仕事」のモチベーションのひとつになっているのかもしれません。

第3章
仕事を作るセンスの育み方

1　少年時代の「素養」が形になるまで

一人編集長〜怪獣スクラップ

この章では、私の幼少期からデビューに至るまでの足取りをたどることによって、「ない仕事」の発想や広め方がどのように培われてきたかを、考えていきたいと思います。

ここまで読んでかなりの方が、**「みうらというのは、つまりコレクターなのだな」**と思われたかもしれません。しかし、実はそうではないのです。

確かに、幼少期から「収集癖」はありました。しかし、「コレクター」というのは、収集したものをそのままの状態で保管する人のことを指します。たとえばプラモデルは組み立てずに箱ごと保管し、紙媒体の場合は、きれいなまま何十年もストックする、それがコレクターです。

そんなコレクターは「オール・オア・ナッシング」の世界です。１００個あるものは99

個集めても意味がない。しかし私がやっているのは、そこを究めるのではなく、集めたものを通じて違う世界を見せることとでした。雑誌を買ってきたら、すぐに切り貼りし、自分専用のスクラップ帳に「再構成」したくて仕方がなかったのです。

いちばん最初は、小学校1年のときに始めた「**怪獣スクラップ**」でした。当時から今に至るまで50年以上ずっと同じ「**コクヨ　ラ－40**」というスクラップ帳を使っています。

そもそもスクラップを始めたきっかけのひとつに、家庭の「格差」がありました。おもちゃでもなんでも、コレクションという点ではお金持ちの家の子にはかなわないのです。私は子供の頃から、ほかの子を羨《うらや》ましく思うよりも、この「たくさん買ってもらえる」ことが、イコールで「好き」となる図式に虚《むな》しさを感じていました。

そこで、親に買ってもらった量でなく「好き」である熱量をどう表現するかばかりを考えて、たどり着いたのがスクラップでした。

怪獣の写真を切り取り、スクラップブックに再構成して貼りつけていく。これは最初から第三者に見せることを踏まえていて、あるページにはぎっしりとビジュアルを詰め込んだり、あるページにはすっと1点だけ貼ったりと、レイアウトもきちんと考えた「編集」

ウルトラマンの展覧会にも飾られた怪獣スクラップ

作業を行っていました。

私は遊びにきた友達に、得意げに怪獣スクラップを渡しましたが、しかし読者たちは一様に「ポカン」としていました。なぜ雑誌をわざわざ切ってしまったのか、なぜそのまま読ませてくれないのだ、という反応でした。

結果、このスクラップ作業はこれ以降、**「一人編集長兼一人読者」**のものとなっていきます。

自分塾の大切さ～DTF

私はサッカーに全く興味がありません。ワールドカップも、いまだに何のことかよくわかりません。それは嫌いなのではなく、私にとってサッカーは「つけ入る隙《すき》」が全くないからです。

旅行先の旅館などで、これまで楽しく会話していたのに、サッカーが始まった途端、全員が中継に夢中になってしまう。私はその〝**誰もが同じことをする状態**〟**が子供の頃から苦手で、強い拒絶反応を示してしまいました。**

中学時代に描いたアニメの原画

先に、漫画誌を買ったら怪獣のグラビアページを自分の好きなようにスクラップ帳に切り貼りして、自分だけの雑誌を作るという話をしましたが、これはアニメでも同じでした。

普通は、アニメが好きならアニメファンになります。かなりマニアックになる人もいるでしょう。私はそこをスッ飛ばし、一人アニメ会社を作ろうと考えました。

そして中学生のとき、画用紙と親戚の叔父さんに借りた8ミリを駆使し、自作野球アニメ『**大リーグボール復活やっ!**』（45秒）と西部劇アニメ『**荒野のテンガロン**』（90秒）を製作したのです。目標は、小学校の同窓会で皆の前で上映することでした。

アニメの技法など知りませんので、アメリカの地図の絵に「テキサス」と書いた文字をクローズアップしたくて、徐々に文字を大きく書いていく、などというとんちんかんな作業を重ね、同窓会という締切日に向けて、手を動かし続けました。

自作漫画本の数々

何百枚と絵を描き、なんとか完成し、同窓会で上映したら、「ちっとも動いてへんやん」と、ただ失笑を買っただけでした。そんな風にアニメを作ろうと試行錯誤してわかったことは、アニメーターの大変さでした。

その頃は同時に漫画も描きまくり、和《わ》綴《とじ》して自作の本を作り、本棚に並べて、悦に入っていました。漫画本には、**自作自演の「読者からのおたより」ページまで作る**という凝りようで、当時は編集長（自分）が決めた厳しい締切に追われ、とても多忙な日々を送っていました。

ちなみにこういった「自分活動」のことを、私は「**自分塾**」と呼んでいます。

一人っ子だったこともあり、何事も自分で考え、自分で答えを探すしかなかったのです。「女の子にモテるにはどうしたらえぇ?」と自分が疑問を発し、「こうすればきっとモテるんちゃう?」と自分が答える。いわゆる「自問自答」というものかもしれませんが、当然、間違いを正してくれる人がいないので、「とんちんかんな誤解」がどんどん進んでいきます。

高校時代がそのピークでした。「ミュージシャンはモテるんじゃないか?」、そこまでは誰もが考えることです。しかし私の場合、自分塾で「**歌を作れば作るほどモテる**」という結論が出ました。当時私の中でいちばんモテていた人は吉田拓郎さんでしたから、「じゃあ、拓郎さんよりも多く曲を作ればモテるだろう!」という論理だったのです。曲の質より曲数に目をつけたところが、今思うと私のどうかしていた点だったと思うのですが……。とにかく私は「**1日4曲**」という作詞作曲のノルマを決めて、毎日曲を作り続けました。

仕事でも趣味でも、日々自分自身にノルマや締切を与えて、もう一人の自分が斜め上からコーチしているような気持ちで実行すると、より一層がんばれるような気がします。そ

右：高校時代のカセットテープ　左：自作曲の中から“DT時代”のフォークソング（DTF）を集めて収録。2004年5月発売（バップ）

して気づいたら高校卒業までに、オリジナルソングを**400曲以上**作っていました。「勉強もせずに、作り過ぎじゃないか？」と突っ込んでくれる人が周囲にいなかった結果でした。

家出する理由は全くなかったのに、放浪するフォークシンガーを演出したいと、親に内緒で一人で行った金沢の兼六園で自作の歌を歌い、『ライブ・イン金沢』というテープを作ったこともありました。

たまに「オレも高校のとき、歌作っていたよ」という人に会いますが、どうかしてる400曲以上という数字を伝えると、皆、呆れるばかり。

大人になってからは、なるべく気をつけて「**んな、アホな**」と自分を戒《いまし》めるようにはしていますが、若い頃は、思い込んでしまうとただひたすら、突っ走ってしまうものです。しかし振り返ってみると、その若さならではの「どうかしてる」具合が、私のその後の活動の礎《いしずえ》となっていることは否定できません。

先の「勝手に観光協会」の話で、旅館でわざわざ「リョカ録」していると述べましたが、『ライブ・イン金沢』とやっていることは全く同じですから。**結局私は昔から同じことを、手を替え品を替え、やり続けているだけなのかもしれません。**

デビューと初期作品〜オレに言わせりゃTV

最初に公の雑誌に漫画が掲載されたのは、武蔵野美術大学に在学中の1980年で、「**ガロ**」という雑誌でした。

「みうらの描いてる漫画は、『ガロ』くらいしか載らないよ」と友人に言われたので、素直に聞いて何度も持ち込みましたが、ボツの連続で、もう持っていくところがありませんでした。

10回目の持ち込みでようやく掲載してもらえたときは、心底嬉しかったです。ただ、「ガロ」は当時から原稿料が出ない雑誌でしたので、これを私の「デビュー」と呼ぶかというと、甚だ疑問に思います。**仕事をして、その対価としてお金をもらったときが、本当のデビューだったのかもしれません。**

その2年後、「週刊ヤングマガジン」の「ちばてつや賞」に応募した漫画で、佳作をもらいました。このあたりから、短い漫画やイラストの依頼がくるようになりました。

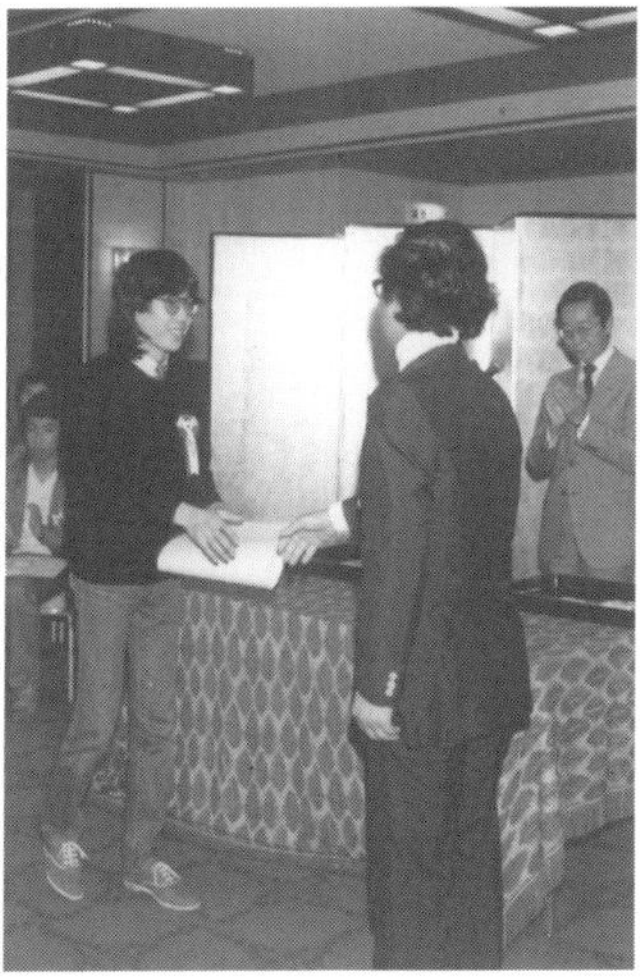

「ちばてつや賞」授賞式にて

ちょうど、大学4年生になって、急に友人たちが目の色を変え、**長い髪を切って就職活動をし始めた時期**でした。昨日まで楽しく遊んでいた友人たちが、突然真面目になってしまったことが寂しくて、よく飲み屋で大ゲンカしたものです。

とは言え、**実は私も就職試験の面接に出向いたことが、二度あります。**一社はキャラクタービジネスの最大手「**サンリオ**」、もう一社は音楽雑誌を出している出版社の

「シンコーミュージック」です。しかし、サラリーマンには向いていないと一目で見抜かれてしまったのか、面接で「一人でがんばって」と言われ、二社とも落ちてしまいました。

しかし、不思議と焦りはありませんでした。

大学卒業後は、知り合いになった雑誌の編集部によく出入りするようにしていました。それは、「いつか、誰かの原稿が落ちるかもしれない」と考え、その空いた誌面を狙っていたからです。

実際、「ビックリハウス」という雑誌で、ある先生の連載原稿が落ちてしまったとき、編集部にいた私に代筆の依頼がきて、一晩で数ページの漫画を描き、それが掲載されました。

あるときは、「週刊文春」から「今から編集部にきてくれ」と電話がかかってきました。慌てて出向くと、**「手塚治虫先生の『アドルフに告ぐ』の連載が落ちたので、急いで何か描いてくれ」**と言われました。そこで私が徹夜して描いたのは、私自身の母親が革細工に凝ってしまい、手作りの革のバッグをむりやり私に押しつけてきたという、今で言う「**コミックエッセイ**」のハシリでした。

図らずも、「身近なことを面白く描く」という、今の私も行っている手法は、手塚治虫先生のおかげで生まれたわけです。

　同じような手法でコラムに挑戦したのが、雑誌「ザ・テレビジョン」で連載していた**「オレに言わせりゃTV」**です。タクシーの運転手さんが言った「オレに言わせりゃ世の中なってねぇ」という台詞《せりふ》が、タイトルのヒントになりました。それはテレビのあるワンシーンやCMの1点にだけ光を当てて、面白おかしく書くという企画でした。テレビ雑誌の記事といえば、単なる内容紹介がメインだった時代に、〝重箱の隅をつつくような視線でテレビを見て、毎週コラムにまとめる〟という連載は珍しかったと思います。

　このコラムを読んだフジテレビの方から「そういう視点でアイデアを出してほしい」という依頼がきて、『とんねるずのみなさんのおかげです』のブレーンとして、数本のコントに携わりました。

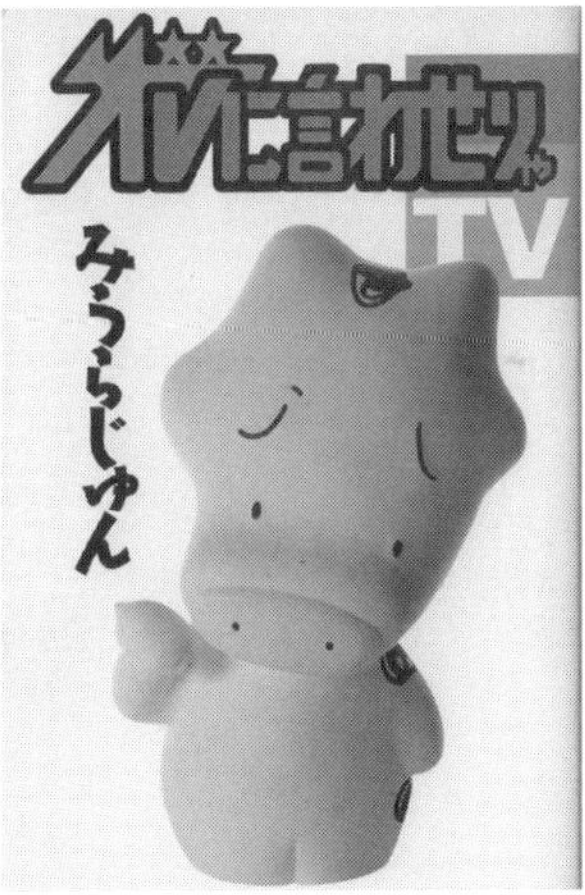

連載をまとめた単行本。1991年5月発売（角川書店）

糸井重里さんとの出会い～見ぐるしいほど愛されたい

学生時代からデビュー初期にかけての恩人であり、今もお世話になっている「この人」との出会いがなければ、今の私はなかったと断言できます。

その人は、当時売れっ子コピーライターだった**糸井重里さん**です。**糸井さんは唯一、勝手に決めた私の上司です**。

学生時代、私の友人が糸井さんの事務所に勤めていたという、ただそれだけの理由で、私はいつも糸井さんの事務所に入り浸っていました。そして、大事な会議中に、私の自作曲のカセットテープを勝手に大音量で流したりするという、困った「自己アピール」までしていました。

当時、糸井さんはコピーライターとしてはもちろん、沢田研二の「TOKIO」の作詞家としても知られていました。だから私は、「この人に自分の曲を聴かせれば、すごいことが起きるにちがいない」と夢をみていたのです。

「ガロ」でのデビューが叶ったのも、あまりにもボツが続くのでくさっていた私を見かねて、糸井さんが当時の編集長に「悪い奴じゃなさそうなので、載せてあげれば?」と口添えしてくださったからでした。

そんな私に、「ヤングマガジン」から連載の依頼が舞い込みました。メジャー誌で描けるということで、とても嬉しかったのですが、編集部からは「糸井さんの原作でないと企画が通らない」と言われました。

1986年5月発売(講談社)。現在は文藝春秋により電子書籍化

しかし糸井さんは、「みうらは一人でやるべきだ」とおっしゃいます。メジャー誌に描きたいわ、一人ではどうしようもないわで悩んでいたところ、「**原作はやらないが、『相談』というのはどうだ?**」と、全く新しい提案を糸井さんがしてくれました。毎週、私が「変な話」をしに行き、糸井さんが「それが面白い」とおっしゃったものを、漫画に描くという連載です。今思うと、それこそが「**ない仕事**」の**原点**だったと思います。

私にしてみると、メジャー誌で、週刊連載で、しかもカラーページです。つい「いかにも漫画っぽいこと」を考えてしまいがちでした。そんなとき糸井さんは「それは面白くない」と一刀両断です。「だったらこの間、お前が話してた、水原弘のハイアースの看板の話を、そのまま描けばいい」とおっしゃいました。

70年代、日本の各地で見ることができた、歌手の水原弘さんの殺虫剤のホーロー看板が、時を経ていい感じに錆びて残されている様がおかしい、という話でした。連載1回目でしたから、正直なところ、「これを描いても誰にも伝わらないだろう、連載も打ち切られるかもしれない」と思っていたのですが、糸井さんの指示どおりその話を漫画にしました。

当時のヤングマガジンは「AKIRA」と「ビー・バップ・ハイスクール」が大人気の時代です。そんなときに、水原弘のハイアースの漫画は、やはり受けるはずがなく、読者アンケートでは最下位の結果。しかし、編集部は「ここまで人気がないのは、逆に読者に意識されているからだ」と判断、連載は続行し、内容がどんどん過激になって、ファンも増え始めました。

これがマイナーな発想をメジャーに無理矢理差し込んだ最初の挑戦で、私にとっては大事件でした。
それ以来、今に至るまで、私は折に触れ、糸井さんのことを考えます。直接お会いしなくても、私のやっている仕事を見て、「**みうらは相変わらずバカだなあ**」と笑ってくださるだろうか、と思いながら。

まだないことを描く～カリフォルニアの青いバカ

1982年、24歳の私は、「高円寺に住んでいる長髪の奴にロクな仕事はこない」と糸井さんにまたも教えられ、原宿に事務所を開き、エセ・テクノカットに変身し、ボストンメガネもかけました。すると、アドバイス通り**流行に敏感なオシャレなイラストレーターと誤解され、オシャレな仕事がどんどんくる**ようになりました。

しかし、まだ雑誌に描いていない些末な「ネタ」は山ほどありました。たとえば怪獣映画やボンドガールについて。仏像や、NHK教育テレビの「たんけんぼくのまち」に出ていたチョーさんの話……などなど、個人的に気になっていたものがたくさんありました。

テクノカット時代

ただそれらを「今、これが気になっています」と発表する場が、当時の私にはまだありませんでした。そこで私は、**頼まれたオシャレなイラストの「余白」に、米粒くらいの大きさで「気になっているネタ」を描き込む**ことにしたのです。

ファッション雑誌に頼まれたカップルのイラストの余白に、意味なく太陽の塔を描き込んだり、ティーン雑誌のイラストの余白に、頭が円で体と手足が線の「棒人間」を描き、そこに矢印で「岡本信人」と書き込んだり……。

しかし、この「余白ネタ」が違う雑誌の編集者の目に止まり、余白ネタだけを拡大した連載も始まりました。ようやく私の面白がっているものを発表する場が、徐々にできていったのです。

その昔、ウィスキーのＣＭに出演した岡本太郎さんによる、**「グラスの底に顔があってもいいじゃないか」**という決め台詞が流行りました。

この言葉は、「グラスの底には顔がない」ということが前提となっています。しかし、「ない」と決められたことなど一度もないのです。太郎さんは、底に顔があるグラスを作ってから、「グラスの底に顔があってもいいじゃないか」と訴えている。つまり、自らボケもツッコミもしているわけです。

太郎さんの名言にはもうひとつ、**「なんだこれは⁉」**というものもあります。何もないところで発しても意味のない言葉です。しかし、自ら作品を作ってから、「なんだこれは⁉」と自分で驚く。これが実は、「ない仕事」の本質なのではないかと、私は思います。

自分で作り、自分でツッコミ、人が驚き振り返る。

要するに「ない仕事」とは、依頼もないのに勝手にやった仕事のことなのです。

そして28歳の頃、これまで自分をごまかしてやってきた「オシャレ仕事」に終止符をうち、また髪を伸ばし始め、原宿を出て、中古レコード屋に歩いて通える西新宿に事務所を移しました。

雑誌「宝島」に描いた「余白にネタびっちりイラスト」の例。1990年4月発売の単行本『カリフォルニアの青いバカ』（JICC出版局／1996年河出書房新社より文庫化）の章扉にも、これらのイラストが使用されている

2 たどり着いた仕事の流儀

見合った方法で発表する～色即ぜねれいしょん

よく私は「**サブカルの帝王**」とか「**サブカルキング**」と紹介されることがあります。もちろん自分から名乗ったことは一度もありません。たぶん、「ない仕事」の説明に困った編集者が私のプロフィールにそう書き込んだのが始まりでしょう。それどころか、**実はずいぶん長い間、私自身「サブカル」と呼ばれることに抵抗がありました。**

どれだけイラストの片隅に、マニアックと言われるネタを描き込んだとしても、私は自分が「メジャーなことをやっている」つもりだったからです。

ずっと、大通りをパレードしている、〝**大通りヘップバーン**〟な気分で仕事をしてきました。

一度も「サブ」を目指したことはなかったのに、どうやら歩いていたのは、大通りではなく、実は裏通りだった。そのことに、まわりの皆も読者も気づいているのに、私だけが気づいていなかったのです。

そういえば80年代後半、日本がバブル経済で沸いているとき、私はその恩恵を全く受けることはありませんでした。さらに、バブルが弾けたと大騒ぎになったときにも、とくに傷つくこともありませんでした。おかしいなあとは思っていましたが、それはつまり、大通りを歩いていなかった証だったのです。

よく「前向きに生きる」と言いますが、私はいつも前を向いて走っていました。何かを見つけて売り込みに行くことが仕事なので、**面白いことが見つけられなくなったら社会からリストラされてしまうという強迫観念が常にある**からです。だから自分の出た番組も見ないし、自分の本を読み返すこともほとんどない。振り返らず走ってきて、自分の足元を確かめていなかったために、自分の立っている道が狭い裏通り、いやむしろ「けもの道」だったと気づかなかったのです。

ただ、もし若いときに自分が大通りを歩いていないと気づいてしまったら、気落ちしてしまい、ここまで仕事を続けることができなかったかもしれません。

私は肩書きを求められるときには、「**イラストレーターなど**」と名乗っています。本書をここまで読んでくださった皆さんならおわかりのとおり、今やこの「など」のほうが仕事の割合が大きく、**もはや肩書きは「など」だけではないか？**と自分でも思うほどです。

ボブ・ディランに初めてお会いした際、通訳の人が「私が何者でどんな仕事をしている人物なのか」を詳しく紹介してくれたとき、ディランはじっと黙って聞いて最後に一言「定職はないのか？」とおっしゃり、私は大爆笑しました。

なぜひとつのことに特化しなかったのか？　その理由は、やりたいことによって、漫画にするのか、イラストにするのか、エッセイにするのか、歌にするのか、イベントにするのか、テレビ番組にするのか、それぞれに「**相応しいツール**」**を選んできたからにすぎません。**

だいたいの場合は、積極的な理由で発表の場を決定しますが、ときに「消去法」で発表する場を決めることもあります。

前に述べた『アイデン&ティティ』は漫画作品でした。この自伝的要素の強い私の作品

左・中：コミックス版。全2巻。2010年8月、2011年6月発売（秋田書店）　右：2004年刊行の小説の文庫版。2007年7月発売（光文社）

は、後に『色即ぜねれいしょん』、『自分なくしの旅』、『セックス・ドリンク・ロックンロール！』と続きますが、これらはすべて漫画ではなく、小説です。

『色即ぜねれいしょん』がなぜ小説だったかというと、これは学園もので、オープニングが、高校の体育館に集まった全校生徒の朝礼のシーンだからです。

私の画力では、とてもその光景を描けないと、即、判断した結果です。

『色即ぜねれいしょん』は、後に友人の漫画家の喜国雅彦さんに漫画化してもらい、コミックス版も発売されました。**自分が描けないものは、本当にうまい方にやってもらえばいい**。私は「自分はプロデューサーである」といううまい言い訳をして、作品の発表の方法を自ら決めているのです。

「私が」で考えない〜自分なくしの旅

私ももうそれなりの年齢になったので、若い人と接するときには「なるべく優しくしよう」と心がけていますが、それでもやっぱり、ときどき苛《いら》ついてしまうことがあります。

なぜかと言えば、若者は自分のしたいことだけを主張するからです。

こんな仕事をしているので、私自身がさぞ自己主張が強いと思われがちですが、実はそうではありません。**私が何かをやるときの主語は、あくまで「私が」ではありません。**「海女が」とか「仏像が」という観点から始めるのです。

今もマスコミに取り上げてもらったりすることがありますが、実は私自身はどうでもいいんです。あくまで「みうらじゅん」という「ない」タレントのマネジメントをやっているつもりでいます。

そもそも何かをプロデュースするという行為は、自分をなくしていくことです。自分のアイデアは対象物のためだけにあると思うべきなのです。

とは言え、若いうちは「私が」を全面に出したくなるのも仕方がないことかもしれません。私だってデビューしたばかりの頃は、そんな意識が誰よりも強かった。しかし長年やってくると、そういう意識の邪魔さに気づき、「私」が取れていきます。「海女が目立てばいい」「仏像がもっとヤング層に受ければ！」となってくる。

するとそうなるためのいちばんよい方法を考えるようになる。「私はこういう仕事がしたい」という考え方のうちは、逆になかなかその仕事は形になりません。

私は一応、「みうらじゅん事務所」の代表取締役社長でもあります。とは言っても所属作家は私だけの個人事務所なので、スタッフは募集していないのですが、それでもたまに「雇ってほしい」と履歴書が送られてくることがあります。

その志望動機に書いてあることで、いちばん困ってしまうのが、「私もみうらさんみたいな仕事がしたい」です。**私は一人で充分。二人いるとうるさいくらいです**。私にしてみれば、もし雇うとしたら自分が不得意なことをしてもらいたいだけです。

これも、私が若い頃に間違っていたから気づいたことです。私の「したい仕事」は世の中にあると思い込んでいました。**しかし、どうやら、ない**。だったら自分で作るしかない。

しかしそこで自己主張をしてしまうと、世の中からすぐに「必要がない」「欲しくない」と気づかれてしまう。そこで自分を消し、あたかも「なかったもの」が流行っているかのように、主語を変えてプレゼンしてみる。すると、人々は「流行っているのかな?」と、ようやく目を向けてくれるようになる。

「自分探し」をしても、何にもならないのです。そんなことをしているひまがあるのなら、徐々に自分のボンノウを消していき、**「自分なくし」をするほうが大切です。**自分をなくして初めて、何かが見つかるのです。

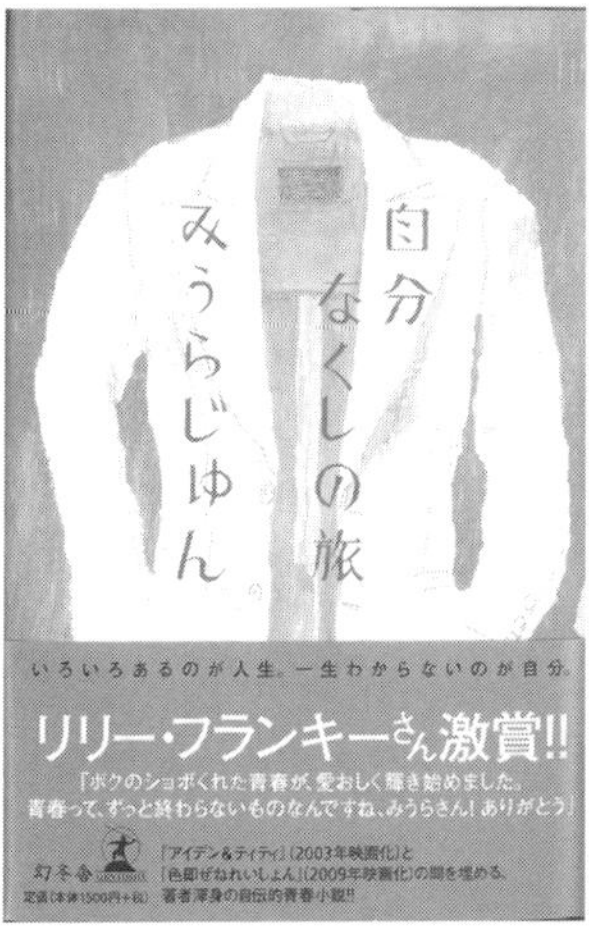

浪人時代の恋愛を描いた自伝的小説。2009年12月発売（幻冬舎／幻冬舎文庫版もあり）

不自然に生きる～グラビアン魂

仕事をしているうえで、いちばん心がけていることといえば、無理してでも「不自然体」でいること、**「レッツゴー不自然」**です。

自然体で生きていたら楽かもしれません

が、それでは仕事はきません。特に「ない仕事」の場合は。私が「ナチュラル素材の服がいい」とか「オーガニックな食べ物がおすすめ」と言ったところで、誰が話を聞きにくるでしょうか？　「ゴムヘビを集めている」「『シベ超』が面白い」と言うから、「なんですかそれ？」と、ようやく興味を持ってもらえるのです。

不自然なことをやり続けるためには「飽きないふりをする」ことも大切です。本当は、世の中に流行った頃には、とっくに飽きています。そこは人間ですから当然です。ただ、「もう飽きた」と言ってしまうのは「自然」です。人に「え、まだそれやってるの!?」と驚かれるほど続けなければ面白くなりません。

そして、平然と「好きだ」と言い張ることも大事です。

私の事務所の応接間のソファには、**70万円もする高級ラブドールの絵梨花さん**（制作会社「オリエント工業」による命名）が座っています。昔はダッチワイフと呼ばれていた人形ですが、今はそのあまりの精巧さに、最初に訪れた人は誰もがギョッとします。

ラブドールのことは、昔から興味を持っていて、以前にも15万円程度のドールを購入し

みうらじゅん事務所の秘書、絵梨花さん

た経験がありましたが、さらにバージョンアップしたのには理由があります。高級車を買うよりも高級ドールを買うほうが、不自然だからです。

そして購入後、誰かに「なんでこんなものを買ったんですか?」と問われたとき、「全くですよ、魔が差したんですかね」と答えるのではなく、「え、今ラブドール買うの、当たり前じゃないですか?」と平然と答えるわけです。

私はリリー・フランキーさんと「週刊SPA!」で「グラビアン魂」というグラビアページの連載を10年以上続けています。本来、編集者とカメラマンで決められていた、グラビアアイドルの水着写真を、水着選びから構図、設定に至るまでを、

2006年3月発売「週刊SPA!」の連載をまとめたムック（扶桑社）

自分たちで決めようという企画です。これも元々は「ない仕事」でした。

ない仕事の上に、グラビアン魂では、「グラビアに男のヌードが写っていてもいいじゃないか」と、岡本太郎さんのようなことを言って、数々の男性にパンツ一丁で登場してもらったり、「AV女優が服を着てもいいじゃないか」と、着衣で出演依頼をしたり、さらに「なかったグラビア」を生み出し続けています。

そして挙句の果てには、「別に人間じゃなくてもいいじゃないか」と、私とリリーさんが各々購入したラブドールを絡ませて、グラビアに登場させたこともありました。

とても不自然です。しかし、「ドールが出て当然でしょ」という顔を最後まで貫きました。

安定していないふりをする～ロングヘアーという生き方

前項の「不自然」についてですが、そもそも、私のいでたちからして不自然ですよね。**長髪にサングラス。**自分で言うのも何ですが、不自然きわまりない。しかも50歳も過ぎると、夏場は首の後ろに大量の汗をかき、**ずぶ濡れの犬のような状態**になっています。じゃあ楽な自然な格好をしたら？　と思うかもしれませんが、この「不自然さ」込みで、私の言うことに人は興味を持ってくれていると信じているので、髪も切れません。

さらに言えば、私世代の長髪タレントはあまりいないので、思わぬ仕事が舞い込んでくる可能性もあります。実際2008年に、全員長髪の真ん中分けという「auファミリー」のお父さん役でコマーシャルに出演させていただきました。

とは言え、当の私は、いつまで経っても不安です。不安というのは若い頃の特権と思われがちですが、どっこい今でも不安です。思い返せば、不安でなかった日など1日もありません。あまりにも不安なときは、「**不安タスティック！**」と明るく叫んで、不安を感じないように自分洗脳をするほど、私は常に不安なのです。

フジテレビの番組を書籍化。2010年8月発売（扶桑社）

しかし、**仕事を得るには不安そうに見えるほうがいい**のです。私がソファにふんぞり返って、葉巻をくゆらせながら「今、とんまつりが面白いんだが、どうかね？」などと偉そうに言っても、誰も「それ、うちで特集しましょう」と、同意してくれないでしょう。

一般的に、歳を取って社会的地位が上がっていくと、「あの人はギャラが高いのではないか？」と思われます。そう思われないためにも、不安そうに見えることが大切です。いわば、**「ずっと若手」な仕事を継続していく気マンマン**なわけです。

私の仕事は趣味のようなものだと思われても仕方がありません。ただ、そのイメージが広まってしまうと、「趣味みたいなことに、お金を払いたくない」と思われてしまうかもしれないので、本当は楽しくて仕方ないくせに、「私も大変なんですよ」というふりをして、ごまかすことも重要です。

私の年齢は、一般的には重役、あるいは社長の域です。もしくは早期退職している人もいるかもしれません。**松本清張の小説だったら、もう「初老」と書かれてしまう年齢**です。若い頃から「変わった人」に憧れてきましたが、加齢がプラスされると、その「変わった人」にも迫力が出てきます。「不自然に生きねばならない」と思う必要がなくなってきた、とも言えます。しかし、35年もこの仕事をしていると、仕方なく権威がついてしまうこともあります。そういうときのために、あえて「権威《ケンイ》・濃過ぎ《コス》」と、自分を戒める言葉も用意しました。

「空」に気づく〜アウトドア般若心経

般若心経の278文字を、すべて街中の看板の文字から探し、写真に撮った『**アウトドア般若心経**』という本を、2007年に出版しました。

元々仏像好きだった私は、般若心経にも大変興味を持っていました。「**すべては空である**」という東洋思想は、ロックへも影響を与えたのではないかと、ずっと感じていました。たとえばジョン・レノンの名曲「イマジン」。「天国なんてない、地獄なんてない。国なんてない、宗教なんてない」と歌われます。

これは般若心経の「この世に本当は痛みも悲しみもない、空である、いつも変わっていく、こだわる必要はない」という考え方と同じです。

私はあるとき、そんな般若心経の真髄を、街中のなんでもない看板に見つけてしまいました。駐車場にあったこんな言葉です。

「空あり」

空がある。「ないもの」が「ある」。これほど簡潔に般若心経を言い得た言葉はほかに知りません。そして私は、街中で「空」の文字を見つけるたびに、写真を撮るようになりました。そのうち、「空」だけでなく、般若心経のすべての文字を、街中で探して撮影したいという気持ちになりました。「写経」ならぬ「写真経」です。

ただ、「若」や「無」ならすぐ見つかりそうですが（実際、当時は「ちゃんこダイニング若」が全盛期でチェーン店がたくさんあり、「若」の字が街に氾濫していました。また、「無煙焼肉」の看板もよく見かけたので、「若」と「無」は楽勝でした）、「耨」や「諦」となると見つけられないだろうと、なかなか取りかかる気が起こりませんでした。

そんな気持ちで有馬温泉に泊まっていたとき、私の夢枕にお釈迦様が立ち、**「何やってるの、あなた、全部の文字を集めないと意味ないじゃない」**とおっしゃったのです。ちなみに、なぜかその声は井上陽水さんにそっくりでした。

それから約5年をかけて、278文字を探しあて、撮影しました。1文字のために、わざわざ静岡県や長崎県まで出向き、撮影してトンボ帰りしたこともありました。お目当てのレアな漢字の看板があると聞き、岐阜県まで行ったところ、その店が潰れていたこともありました（ネットの情報は丸飲みしてはいけないと、声を大にして言いたい）。常にカメラを持って歩いていたので、何度か警察の職務質問も受けました。文字を探しながら徒歩で新宿を出発し、気づいたらお台場だったこともありました（おかげでその期間は体重が5キロも減ってダイエットできました）。常に道路の両側の看板を意識して歩いているうちに、正面を向いてい

駐車場で見つけた般若心経の真髄

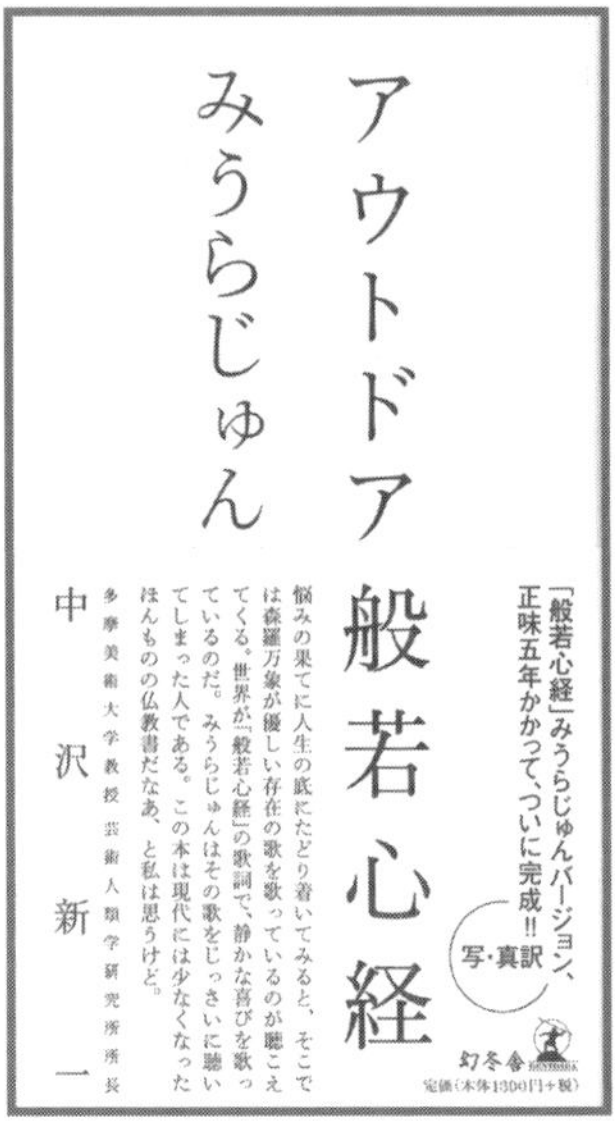

単行本『アウトドア般若心経』2007年10月発売(幻冬舎)

るのになぜか真横近くまで視界が広がっていき、眼球が飛び出してくるのを感じました。

全部の文字を集めたい、それを発表したいという思いだけで、「**徒労＝修行**」だと肝に銘じて全国を行脚し、そしてついに完成させたのです。

完成後、イベントで写真の文字をひとつひとつスクリーンに大写しにしながら、般若心経を読み上げたときは感無量でした。すべては、駐車場の空き情報から始まったのです。

そしてこの「アウトドア般若心経」は、私にとって、ターニングポイントでもあったと後で気がつきました。というのも、ここまで述べてきたすべての私の「ない仕事」の本質がここにあったからです。

「仕事が、ない」という言い方はたまに聞きますが、**「そもそもなかった仕事」を「ある」ように見せるのは、それこそ般若心経の「空」の考え方**です。いつのまにか、私の考え方の根底にそれが刷り込まれていたように思います。

さらに、集めた写真を最初に事務所の床に並べてみたとき、それが本当に般若心経のように見えました。ないものが、あった瞬間でした。様々な場所から集めたバラバラのものが、並べると般若心経になり、またバラバラにするとそれはもう般若心経ではなく、ただの看板文字写真でしかない。これもまさに「空」です。

バラけると意味がない。合うとそう見える。それが「ない仕事」の真髄だと、自分でも初めて気がついたのです。**そもそも違う目的で作られたものやことを、別の角度から見たり、無関係のものと組み合わせたりして、そこに何か新しいものがあるように見せるという手法。**

「アウトドア般若心経」の前と後では、私の仕事に対する心構えが変わったかもしれません。

眼 不 諸 是 色 照 鏡
耳 滅 法 色 不 見 自
乃 鼻 是 空 受 異 在
至 舌 故 相 想 空 蘊 摩
無 無 身 空 不 行 空 皆
意 意 中 生 識 不 空 般
識 無 無 不 亦 異 度 深 若
亦 色 色 滅 復 色 一 般 波
無 声 無 不 如 色 切 若
無 香 受 是 苦 波
明 味 想 不 舎 是 厄 羅 多
亦 触 行 浄 利 空 舎 蜜 心
無 無 法 識 不 空 経
無 無 無 増 即 時

『アウトドア般若心経』販促用のちらし

ぐっとくるものに出会う～シンス

前項で述べたとおり、今までなかったものが立ち上がる瞬間に、私は快感のようなものを覚えます。しかしその立ち上がる瞬間というのは、思いついてすぐのこともあれば、「アウトドア般若心経」の例のとおり、何年もかかる場合があります。

その差はあっても、すべては「**グッとくる**」ところから始まります。

何かを見たり聞いたりしたときに、すぐに好きか嫌いかを判断できるものは、そこで終わりなのです。好きなのか嫌いなのか自分でもわからないもの。違和感しか感じないもの。言葉では説明できないもの。私はそういったものに、グッとくるのです。

いつかこの、グッときたものを人に伝わるように具現化したい。それが私の仕事のモチベーションです。そのままで発表しても面白くないもの、伝わらないものが、全く違うものと結びついたときに、最初に「おかしい」と思ったことの真髄が現れるような気がするのです。ですので、**グッときた段階では、私はまだその発表を行いません。**

たとえば現在、もっともグッときているのは、「**シンス**」です。ほら、皆さんも街中で実はよく見かけているじゃないですか？　何年に創設された、何年から営業をしている、という意味の「since」と刻まれた、看板やプレートのことです。

なぜこの店はわざわざ「since 1990」と表明しているのだろう？　つい最近なのに「since 2014」と掲げた意味は何だろう？　そんなことを考え始めているうちに、いつのまにか私はシンスの虜《とりこ》になりました。店の看板がかなり高い位置にある場合も考慮してかなり望遠のきくカメラを持ち歩き、目に付くシンスは片っ端から撮影します。しかし今はまだ、シンスはワインのように「**寝かせて**」います。なぜかといえば、まだ初期のグッときてる状態で、この説明のしようのない面白さを、具現化する段階にはなっていないからです。

それを見つけるために、今はインタビューを受けたり、トークショーに呼ばれたときなどに、ときどきシンスの話を織り込んでいます。そのときのインタビュアーやお客さんの反応を見て、この話のどこに人は食いつき、どこに興味がないのかを探っています。

いつか、この「シンス」が、別のネーミングになって広まるのか、それとも全く違うものと結びついてブームとなるのか。予告の意味を込めて、読者の皆さんもその行く末を楽しみにお待ちいただければと思います。

今はまだ寝かせ中の「シンス」をチラ見せ

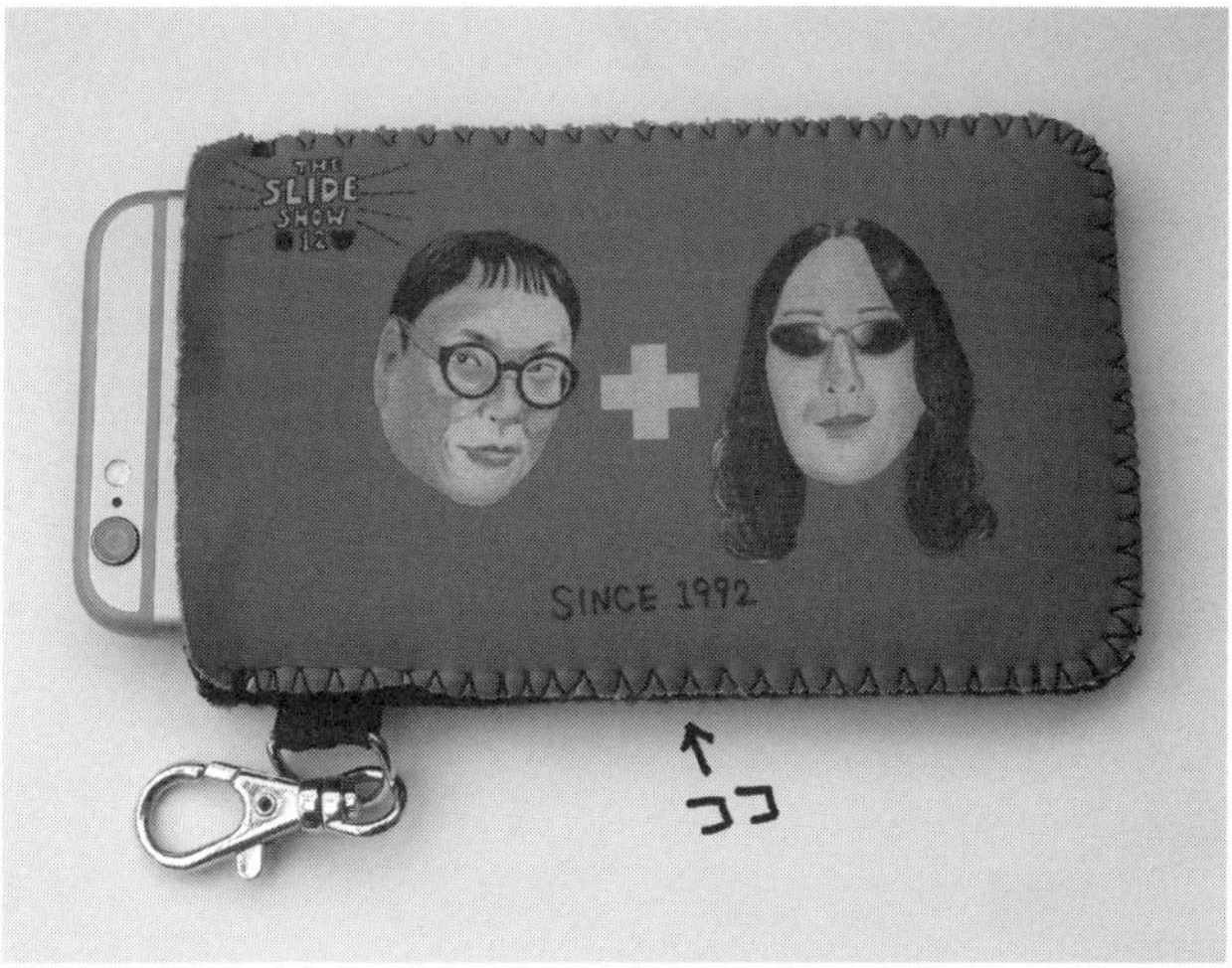

オリジナルグッズのスマホケースにもSINCEを入れてみた

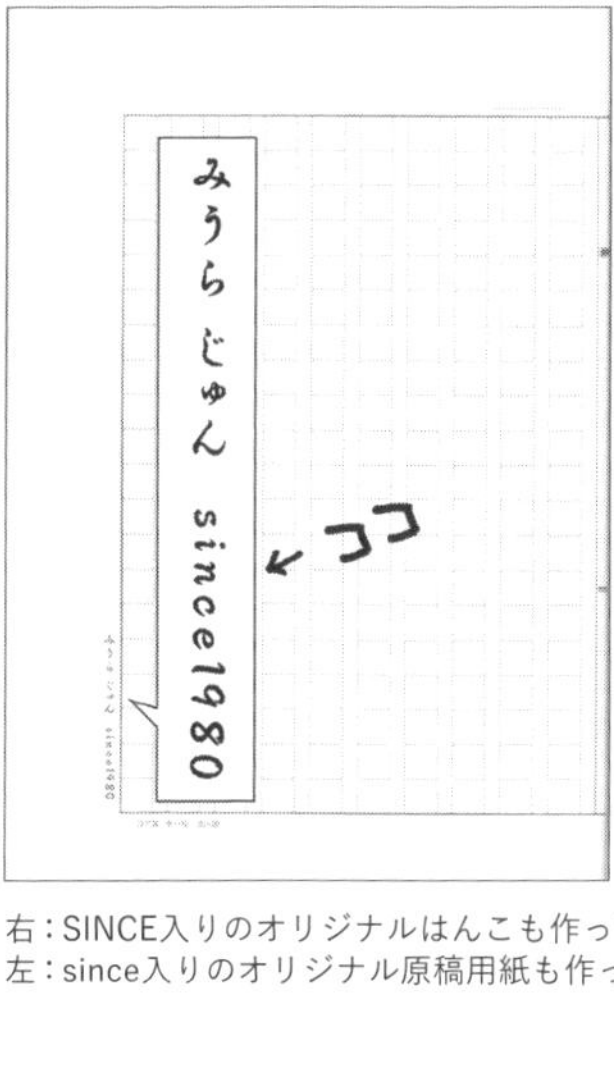

右：SINCE入りのオリジナルはんこも作ってみた
左：since入りのオリジナル原稿用紙も作ってみた

第4章
子供の趣味と大人の仕事〜仏像

ここでは再びモデルケースとして、私の「仏像」好きがどのように仕事になっていったのかを、子供の頃に遡って紹介していきたいと思います。

仏像スクラップ

小学1年生から怪獣スクラップをやっていたことは前述しました。ただ、当時は怪獣ブームでもあり、クラスで唯一無比の「怪獣博士」の称号を得るのは難しいことでした。ではどうすればいいのか。一人会議の開催です。

「仏像ならばクラスメイトにライバルもいない。仏像博士になろう」

小学4年生にして、「一人電通」を実践していた私は、そんな戦略で、仏像スクラップの制作を開始したのです。とは言え、もちろん仏像は大好きでした。京都に住んでいた私は、憧れていた古美術好きなマニアックな祖父に連れられて、よくお寺に通っていました。そこで巨大な仏像を見上げ、単純に「怪獣みたいにかっこいい!」と思っていたのです。

当時はまだ値段の高い写真集などは簡単には手に入らないので、スクラップブックにはお寺のパンフレットなどの写真を貼っていました。しかし、ただ貼るだけではなく、仏像の輪郭に沿ってきれいに切り抜いて貼ったり、自作のエッセイや俳句を書き添えたり、仏像スケッチを合わせたりと、怪獣スクラップよりも高度な編集作業をするようになっていました。

これは単純な「好きなもののスクラップ」ではなく、「**みうらじゅん編集の仏像本**」でした。ただ、ここに書かれている私の文章を今読み返すと、ほとんどパンフレットや読んだエッセイのモノマネです。岡部伊都子さんの寺に関するエッセイや、和辻哲郎さんの『古寺巡礼』を愛読していたので、その影響が大きかったと思われます。そしてその頃は仏像を表現する際に、「美しい」とか「たおやかな微笑みが」といった表現ばかりが用いられ、たとえば「熟女の色気のような」など、よりリアルな表現は書いてはいけないというルールがあったように思われます。

当時の私は、日々仏像スクラップを作り、日曜日となると唯一趣味が合う祖父と一緒に寺へ行き、仏像の話ばかりしていました。自室をジョン・レノンの「イマジン」に掛けて「**イマ寺院**」と呼び、学校でも**弘法大師のモノマネ**をやったりしていました。同級生に仏像のかっこよさを伝えたくて「**ウルトラマンと弥勒菩薩《みろくぼさつ》は似ている**」とか「**ウルトラサインと梵字《ぼんじ》は一緒だよ**」とか熱心に語っていたのですが、友達にはウケず、話が合いません。しかしそれは当然のことで、友達はテレビや漫画など流行していることしか興味がないからです。かと言って、祖父とよくしている「不空羂索《ふくうけんさく》観音の話」や「法隆寺と興福寺の瓦の違い」なんて話が流行ってないとは言い切れません。

流行っているものは、いずれ流行らなくなります。しかし仏像は「まだヤングの間では流行っていない＝これからブームになるかもしれない」ものだから、逆に私はわくわくしたのです。

こうしてお寺や仏像が大好きになった私は、将来自分の仏像がほしいと思うようになり、私立の仏教中学を受験しました。面接で仏像への愛を熱心に語ったところ、面接官から「君のような生徒を待っていました」と言われ、見事合格することができたのです。

余談ですが、このとき、面接は「接待」だと思い、面接官を気持ちよくさせることを考えながらしゃべったことを、覚えています。もしこれから就職や転職の面接を受けるという方は、「**面接＝接待**」だと思って挑んでみてください。

仏像への愛と編集力に驚く「仏像スクラップ」

こうして仏教中学に進学した私は、同級生のお寺のパンフレットに載せるイラスト地図を依頼されたりもして、ますます仏像好きになるかと思いきや、仏像スクラップは中学2年生まででやめてしまいました。それは全く**女の子にモテる要素がなかった**からです。モテない原因を、「男子校」で「仏像好き」のせいにしたとも言えます。

そしてそこからしばらく、私の仏像活動はなくなります。高校を出て上京したときにも、仏像スクラップは実家に残しておいたくらい、仏像への興味を失っていました。

「見仏記」の開始

1992年から始まった「**見仏記**」は、いとうせいこうさんと二人で、仏像を見てまわり、その模様をいとうさんが文章で書き、私がイラストで描くという企画でした。これが後の仏像ブームを呼んだと言われています。

始めるきっかけは、大人になってようやく実家から持ってきた仏像スクラップを、知り合ったばかりのいとうさんに見せたことでした。いとうさんは、そのスクラップを見て、

「異常なる興奮を感じる」と言いました。

そのいとうさんの評価が、私の仏像熱を再燃させたのです。そして、すぐにいとうさんと一緒に、今までに「ない」、仏像についての本を作りたいと考えました。

この企画は硬めの雑誌で連載したほうが面白いと考えた私は「中央公論」編集部に電話をかけ、「いとうさんが文章を書きますから、ぜひ！」と勝手に売り込んで、連載を決めました。編集者は「いとうさんの文章」にとても魅力を感じていたようでした。小説家でもあるいとうさんに書いてもらうという私の戦略が、うまくいった例です。

先に、仏像を語る世界には、ルールがあったと書きました。仏像に限らず、「仏教」であり「お寺」であり、そういった堅い真面目なイメージのものを、ざっくばらんに語ることが許されないという暗黙の了解があったのです。まだ「この仏像、色っぽいよね」などと軽く言ってはいけない空気が連載開始当時には漂っていました。

しかし私は、仏像を素直に「かっこいい」「色っぽい」と言い切ることにしました。さらに千体の千手観音立像が並ぶ京都三十三間堂を、**「ウィーアーザワールド状態」**と表現した

『見仏記』シリーズの文庫第一弾。1997年6月発売（角川文庫）

り、映画『エマニエル夫人』の籐椅子に座り脚を組み頬に指をあてるポーズのルーツは、弥勒菩薩半跏《はんか》思惟《しい》像にあると分析したりもしました。

仏像をイラストで描くことも、これまでありえないことでした。それまで「図説」「仏画」はありましたが、仏像イラストは「ない」ことでした。

やはり、最初のうちはあちこちのお寺から、その〝見仏〟というタイトル自体も怒られてしまいました。「仏は見るものなどではなく、拝むものである。冒瀆してる」と……。

興福寺の銅造仏頭は歌手の加藤登紀子さんに似ていると、小学生の頃から思っていました。しかしそんなたとえをすると怒られてしまう。仏教の教えは怒らないことなのに、怒るほうがどうかしてると、密かに思っていました。

さらに私には、小学生の頃から仏像が好きだという自信がありました。知識においても、小学生の時点で仏像スクラップを作っていた私のほうが、御住職よりもずっと詳しいはずだと思っていました（傲《おご》っていたと、今は反省しておりますが……）。

そもそも、皆さん誤解しがちなのですが、お坊さんが必ず仏像について詳しいとは限りません。お坊さんの「担当」は説法や法要であって、仏像は仏師が作ったものだからです。仏像は工房で制作され、その後須弥壇《しゅみだん》に祀《まつ》られるわけで、作る人と拝む人は違うのです。ここがうまく伝わっていないので、仏教をわかりにくくしたのだと思います。


こうして始まった「見仏記」は、連載する媒体を変えながら長く続いてシリーズ化し、現在は単行本が８冊、文庫が６冊発売されています。２００１年からは、いとうさんと私がお寺巡りをする『ＴＶ見仏記』というテレビシリーズもスタートし、番組のＤＶＤは、すでに20本を超えました。

見仏コンビでお寺に行くと、「見仏記」の文庫本をガイドにして、お寺を回っている読者の方によく出会います。**「見仏記」シリーズ1冊目の文庫本は、なんと現在36刷という、ロングセラーとなりました。**

右：第一回法会のパンフ
左：第二回のときティッシュに入れて配ったちらし

「大日本仏像連合」結成

「見仏記」の最初の連載が始まる直前の、1992年7月、渋谷で「**第一回大日本仏像連合法会**」というイベントをいとうさんと開催し、私がデザインした〝ない仏像〟である「**つっこみ如来**」を会場に安置しました（仏師は武蔵美時代の同級生トットリくん）。翌年には「大仏連II 炎の法会」を開催し、このときは、タイトルに合わせて髪の毛を炎のように真っ赤に染めました。

「大仏連」は、私が撮影した仏像ネタをいとうさんに見せてツッコんでもらうというトークショーで、1996年に始まる「ザ・

スライドショー」のベースとなりました。

同時期に私は、大槻ケンヂさん、格闘家の佐竹雅昭さん、バンド「人間椅子」を誘って**「大仏連バンド」**を結成、**「君は千手観音」**という曲を作り、テレビにも何度か出演しました。

また、仏像の映像に、ロック（キング・クリムゾン、ジミヘン、キンクスなど）を合わせたVTR**「ブツゾウvsボンノウ」**をNHKで作ったり、仏像の光背をサーフボード、狛犬をペットの犬に見立てた仏像トレンディドラマ**「彼女は蓮の上に…。」**をフジテレビで放映したりして、お坊さんに怒られつつも「仏像のかっこよさを若者にも伝えたい」という思いで、様々な方面から啓蒙活動を行いました。

「仏画ブーム」到来

90年代半ばには、雑誌「旅の手帖」で仏画を描く連載を始めました。その頃の私の仏画は、単に仏像を描くのではなく、大好きな谷ナオミさんやチャールズ・ブロンソン、日野てる子さんなどをかつての余白イラストのように絡めて、リキテックスの絵の具を使ってポップに描くというものでした。憧れの横尾忠則さんに少しでも近づきたい――。そんな気持ちもあってがんばって描きました。

雑誌に載るものなので、そんなに大きな絵でなくてもいいのですが、巨大なキャンバスを購入して描くくらい、私の仏画熱は高まりました。月に一度、担当編集者が絵を受け取りにくるのですが、畳のようなキャンバスを抱えてよたよたと帰る姿をベランダから眺めることも含めての大作でした。

１９９５年には、この連載をまとめた『**お堂で逢いましょう**』が刊行されました。

そして、何十枚と集まった巨大な原画を皆に見てほしいと思い、吉祥寺パルコにて、これまでにない「**仏画展**」も開催しました。

こうして仏画に目覚めた私ですが、現在もカード会社の会員のための広報誌「はれ予報」にて仏画を描く連載を続けています。今は紙に色鉛筆で描いていて、この連載を見た「お寺検定」の主催者の方から連絡をいただき、検定の受験者への特典グッズに私のイラストが使用されるなど、意外とマトモな仏絵師として活動しています。

上の2枚は90年代に描いたもの。下の2枚は2010年代に描いたもの

「阿修羅展」という事件

「見仏記」を始めてから20年以上が経ち、私たちを取り巻く環境も、それこそ仏像に対する環境もずいぶん変わりました。しかし私自身は夢中でやっていただけなので、仏像ブームというのが本当に訪れているのかどうか、ずっと実感はありませんでした。

初めてそれを感じたのは、2009年に東京国立博物館で開催された「国宝 阿修羅展」でした。東京だけでも100万人近くを動員し、その年に開催された展覧会の1日平均来場者数ランキング世界1位にもなったこの展覧会は、一言で言えば「**異常**」でした。

それまでも、たとえば「鑑真和上展」なども開催されれば、それなりに混んでいました。ただ、お客さんはお年寄りがほとんどです。しかし、阿修羅展は見るからに若い女の子たちが押しかけていました。

ブームとは若い女の子が作るものだと、その光景を見て思い知りました。

異常だったのはその人気ぶりだけでなく、私に対する仕事のオファーも同様でした。

この展覧会に合わせて、「**阿修羅ファンクラブ」を作るので、その会長を務めてほしい**と、主催者に頼まれたのです。これまで、自分のほうから「こんなことやったら面白いですよ」とコツコツと突飛なことを発信してきた私に、あっちからぶっ飛んだオファーがきたのです。さらに、私が作詞して、THE ALFEEの高見沢俊彦さんが作曲と歌を担当された「愛の偶像（ラブ・アイドル）」という曲が、テーマ曲として展覧会場の物販コーナーで流れていました。

その物販コーナーでは、フィギュアで有名な海洋堂が制作した、**阿修羅像のフィギュアが公式グッズとして発売され、すぐに売り切れる**という事態まで起きました。

海洋堂が制作した阿修羅フィギュア

世の中がどうかし始めてるのではないか？　と思いました。20年前、私のやっていることは冒瀆だと怒られていたのに、「阿修羅像のフィギュアが欲しい」という私の企画が通り、こんな事態になるなんて。ここまで世間の常識がひっくり返るとは思ってもいませんでした。

さらには、あるお寺の若い住職の方が、「自分はずっとお寺を継ぎたくなかったのだが、『見仏記』を読んだら自分の寺の仏像のことが書いてあって、しかも『かっこいい』と褒めてあったので、それがきっかけで自分も仏像が好きになった」とおっしゃってくださったこともありました。

厳しい住職が代替わりし、いつのまにか、「**見仏記**」**ビフォア・アフター**という転換が起きていたのです。

仏像大使に任命

阿修羅展以降、いとうさんと二人で「**仏像大使**」に任命されるということが、三度もありました。2013年の「国宝 興福寺仏頭展」、2014年の「奈良・国宝 室生寺の仏たち」、2015年の「特別展　コルカタ・インド博物館所蔵 インドの仏 仏教美術の源流」です。

私が大使のオファーを受けた理由はふたつあり、「**オフィシャルグッズを作りたい**」と

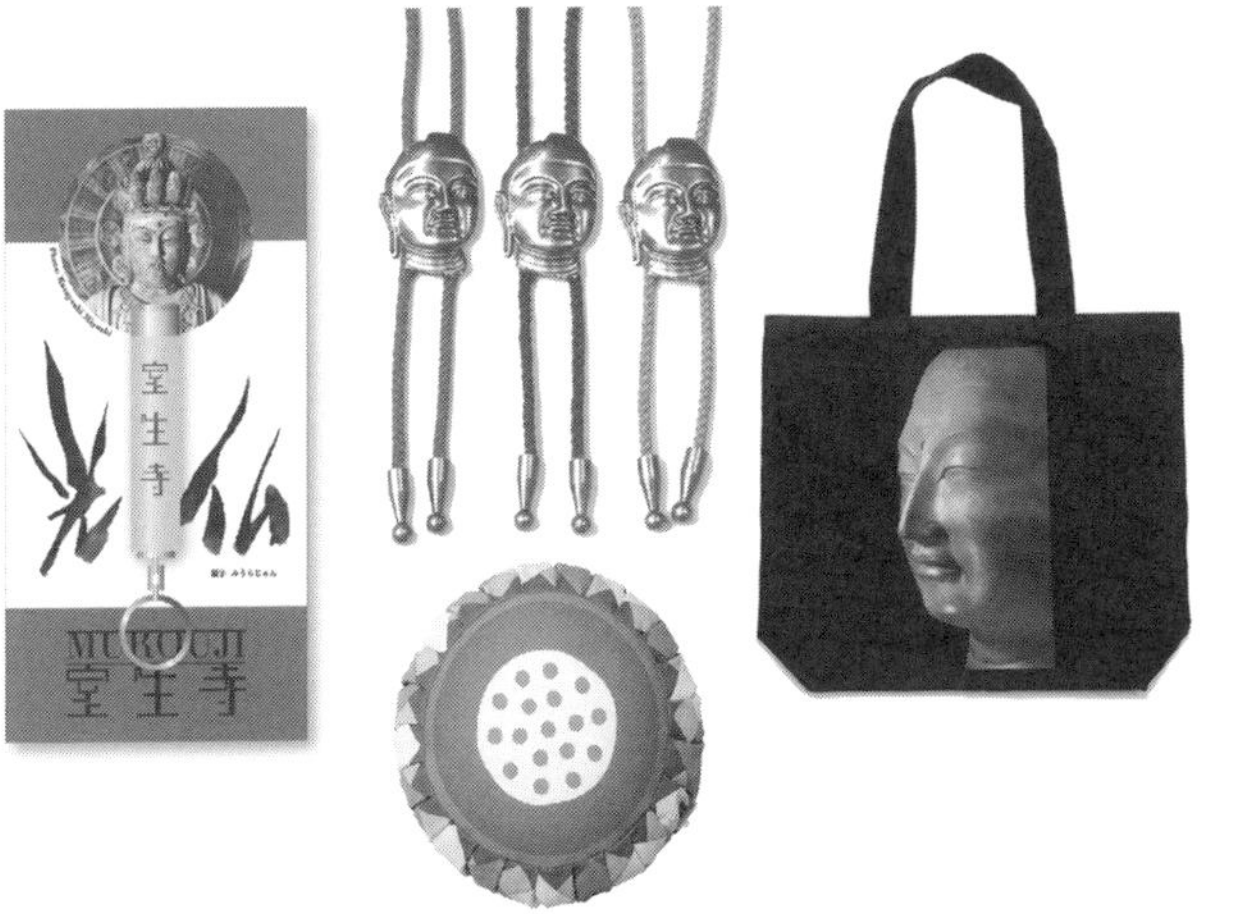

トートバッグ、ループタイ、蓮のクッション、仏像が浮かび上がるライトなど、様々なグッズを考案し、発売

「テープカットをしたい」でした。

阿修羅展の海洋堂フィギュアが特別だったのは、それまでの展覧会での物販は、いわゆる「業者」がTシャツやクリアファイルといった、そこそこの「お土産」を作っていたからでした。

しかしどうせなら、仏像もグッズも両方とも大好きな私に考えさせてほしい。大使を引き受けるからには、物販のアイデアを出させてほしいとお願いしました。先方からは逆に「そんなことまで考えてもらっていいんですか？」という意外な反応でした。

そこでいとうさんと一緒に、仏頭のループタイや、弥勒菩薩が浮き出るライト、蓮の形のクッション、デザインはもちろん素材やサイズ感にもこだわったTシャツやトートバッグ……といった、自分たちが本当に欲しいグッズを考えて制作しました。サイン会などで自分たちの考案したTシャツを着てくれているファンの方に会うと、とても嬉しいです。

もうひとつの「テープカット」ですが、これはあの結界を開くような儀式にとても興味があったので、自前でテープカット用のハサミとリボン、白手袋まで購入して挑みました。展覧会の初日、「それではテープカットです」というときに、係の方がハサミを渡してくださるのが普通ですが、そのときに**「マイテープカッターがありますので」**とポケットから取り出すと、会場からちょっとした笑いが起きました。これまでは硬かった儀式に、柔らかさが生まれた瞬間です。

そのうち、いろんなオープニングに呼ばれてテープをカットする「テープカッター」という、今はまだ「ない仕事」を私はしているかもしれません。

「見仏記」のヒットや、仏像大使の任命などを経てつくづく思うのは、**これは子供のときからの「好きの貯金」だった**、ということです。きっと小学4年生の自分が仏像スクラップに夢中になっていなければ、こういった状況にはなっていなかったでしょう。

「キープオン・ロケンロール！」

言うは易いですが、やり続けることが大切なのです。何かを好きになるというのは、自分を徐々に洗脳して、長く時間をかけて修行をして、対象のことを深く知ってからでないと、長続きもしないし、人を説得することもできないということです。

仏像展で一回仏像を見ただけで「仏像が好き」と感じたとしても、その気持ちはきっとすぐに冷めてしまうでしょう。そこから、コツコツと自分だけの「好き」を極めていかないといけない。**奥が深い世界であればあるほど、軽く口にしてはいけないのです。**

東京国立博物館「インドの仏」展でテープカットを担当

あとがき　本当の「ない仕事」〜エロスクラップ

いかがでしたでしょうか。

私の「ない仕事」について、少しはおわかりいただけましたか。

あらゆることを仕事に繋げてきた私ですが、唯一、それができないものがあります。最後にその話をしておきましょう。

それは、**「エロスクラップ」**です。

私の仕事デビューと同じく、美大3年生のときから35年間、休まずに続けているこのスクラップは、グラビアやエロ本の女体画像を組み合わせ、「怪獣スクラップ」や「仏像スクラップ」同様、一人編集長として再構成した、いわば**「みうらじゅん監修エロ本」**です。「怪獣スクラップ」や「仏像スクラップ」は過去の産物ですが、先日、ついに「エロスクラップ」は**450巻**を超えました。

ここまでくると、もうその作業もすっかり体に染みついています。まるで夢遊病者のように、すーっと電車に乗って神田のエロ本屋に行って、すーっと数十冊のエロ本を買い集め、すーっとまた仕事場に戻り、すーっと床に座り込んで買ってきたエロ本を全部ばらばらにして、すーっとこれまで溜めた写真とミックスして、すーっと普通の雑誌のグラビアとエロ本の似たテイストの写真を組み合わせ、すーっと切ってスクラップブックに貼りつけている。

ほとんど忘我の状態とも言えますが、すなわち私がもっとも打ち込んでいるものが、この「エロスクラップ」だと言っても過言ではありません。**同時に、もっとも長い「マイブーム」でもあります。**

しかしこれを仕事にするのは、かなり難しいことです。なぜならエロ本画像もグラビア画像も、著作権と肖像権が発生するからです。それも一人や二人ではなく、おそらく何万人という数に上るでしょう。さらに、何十年も前のものとなると、もはやそこに貼ってあるのが誰であるのか、元の雑誌が何であったかも特定することは不可能です。

仮にそういった問題がすべてクリアになったとしても、内容が内容なので、現物を直接人に見せることはできません。1996年に『タモリ倶楽部』に企画を持ち込んで、「エロスクラップ30巻完成記念パーティ」という番組を作ってもらったことと、2002年にラフォーレ原宿で開催された展覧会「みうらじゅんのキョーレツ！ 3本立！」で「エロスクラップ」のコピーに目消しを入れて、ざーっと壁に貼ったことくらいはありますが、これを作品集（書籍）にして、世に出すのは難しいでしょう。

つまり、この「エロスクラップ」こそが、私にとって本当に本当の「ない仕事」であり、唯一の「趣味」なのです。

「ない仕事」をつくり続けてきた私ですが、皮肉なことに、唯一きちんと仕事に昇華できそうにないものこそが、いちばん長い間熱中しているものでした。

その機会は今のところなさそうですが、もし将来、これを発表することが可能になったとしたら、その時間と分量と熱量から考えると、私の「ない仕事」史上、もっとも壮大なものになるでしょう。

とは言え、なぜ私が「エロスクラップ」に長年ワクワクし続けているのか？ と問われると、その答えはやはり「仕事に直結しなくて後ろめたいから」だと思うのです。私は後ろめたいことを「**後ろメタファー**」と呼んでいます。

だいぶ前ですが、お宝を鑑定するテレビ番組の方が事務所にこられたのですが、骨董を集める趣味はないので「エロスクラップを鑑定してください」とお願いしてみました。しかし、品が品だけに「価値が見出せない」と言われてしまった。「私の中では100億円なんだ！」と思い、番組に出演することはありませんでした。

結局私は、価値基準がないものに肩入れし、そういうものを「マイブームだ」と言って買い、この先もずっと「**アンチ断捨離**」の余生を送るのでしょう。

私は昔から「**またやってる**」**ではなく**「**まだやってる**」**と人に言われるようになりたい**と思ってきました。何歳になっても、いくら成功しても「アイ・キャント・ゲット・ノー・サティスファクション」と歌っているローリング・ストーンズはかっこいいじゃないですか。私もそろそろ周囲から呆れ顔で「まだやってる」と言われる域に近づいてきたような気もします。新聞の就職欄をたまに見るのですが、もうこの年になって再就職できる職業はなさそうですし、**私は**「**ない仕事**」**を**「**まだやっていく**」**しかないのです**。

人生どうなるかなんてわかりませんが、ひとつはっきりしていることは、**他人と同じことをしていては駄目だ**ということです。なぜかというと、つまらないからです。皆と同じ人気職種を目指し、同じ地位を目指すのは、競争率も高いし、しんどいじゃないですか。

それよりも、人がやっていないことを見つけて達成するほうが、楽しいじゃありませんか。

私自身も、これからもずっと「ない仕事」に心をときめかせつつ、楽しく元気に生きていければいいなと思っています。寝かせているネタはまだまだたくさんありますので、今後ともよろしくお願いいたします。

２０１５年10月

みうらじゅん

本当の「ない仕事」である「エロスクラップ」に没頭する著者

みうらじゅん
1958年京都市生まれ。武蔵野美術大学在学中に漫画家デビュー。以来、漫画家、イラストレーター、エッセイスト、ミュージシャンなどとして幅広く活躍。著書に『アイデン&ティティ』、『マイ仏教』、『見仏記』シリーズ（いとうせいこうとの共著）、『人生エロエロ』、『正しい保健体育 ポケット版』など。音楽、映像作品も多数ある。

「ない仕事《しごと》」の作《つく》り方《かた》

2015年11月25日　第1刷発行
2019年 6 月30日　第9刷発行

著　者　みうらじゅん

発行者　鳥山靖

発行所　株式会社　文藝春秋
〒102-8008 東京都千代田区紀尾井町3-23
電　話　03-3265-1211

印刷所　光邦
製本所　加藤製本

　ISBN 978-4-16-390369-9
Printed in Japan

構成　松久淳
ブックデザイン　鶴丈二
DTP　エヴリ・シンク
協力　みうらじゅん事務所
ほぼ日刊イトイ新聞
写真提供　永田章浩 / ARK / 東京ドーム / 扶桑社